Chmel, Joseph

Nabatäische Inschriften aus Arabien by Julius Euting (BW)

Chmel, Joseph

Nabatäische Inschriften aus Arabien by Julius Euting (BW)

Inktank publishing, 2018

www.inktank-publishing.com

ISBN/EAN: 9783750138964

DEM ANDENKEN

DES KAISERLICHEN STATTHALTERS IN ELSASS-LOTHRINGEN

FREIHERRN EDWIN von MANTEUFFEL

KÖNIGLICHEN GENERALFELDMARSCHALLS

IN DANKBARER VEREHRUNG GEWIDMET

VON

JULIUS EUTING.

IV

Einleitung.

Im Nachfolgenden lege ich die nabatäischen Inschriften vor, welche ich auf einer schon längst geplanten, aber erst durch die hochherzige Unterstützung Sr. Exc. des Herrn Statthalters in Elsass-Lothringen Freiherrn von Manteuffel ermöglichten, epigraphischen Reise im Innern von Arabien 1883—84 gesammelt habe. Die Namen der Fundorte sind auf der beigegebenen Kartenskizze unterstrichen.

Die wichtigsten dieser Inschriften sind zwar keine ineditae, haben aber durch vorliegende Arbeit ein ganz anderes Aussehen und in vielen Theilen überhaupt erst Verständlichkeit gewonnen. Die Mehrzahl derselben ist bereits von dem Engländer Charles M. Doughty, der unter grossen Mühsalen 1876—78 eine ähnliche Reise ausgeführt hat, theils durch Abklatsch, theils durch Zeichnung copirt worden. Auch Herr Charles Huber, mit welchem ich einen grossen Theil der Reise zusammengewesen war, und der leider im Juli 1884 ein Opfer seines Forschungseifers geworden ist, hat eine Anzahl Copien selbst angefertigt, andere von mir überlassen bekommen. Beide haben ihr Material der Académie des Inscriptions et Belles-Lettres zu Paris eingesandt, welche dasselbe mit Erläuterungen der HH. Renan und Berger veröffentlicht hat.[1]) Ich bin gewiss vor

[1]) Documents épigraphiques recueillis dans le Nord de l'Arabie par M. Charles Doughty [publ. par M. E. Renan] Paris, Impr. nat. 1884. 4°. pp. 63 u. Pl. LVII. Nouvelles inscriptions nabatéennes de Medaïn Salih par M. Philippe Berger. Extrait des Comptes rendus de l'Académie des Inscriptions et Belles-Lettres (Séance du 29. Aout 1884). Paris 1884. 4°. pp. 19. Pl. I. II.

Vgl. dazu D. H. Müller in der Oesterreichischen Monatsschrift für den Orient 1884, S. 278 f. und 1885, S. 21 f. auch Jos. Halévy in der Revue des Études juives No. 17. Juillet—Sept. 1884 p. 1 ff.

Allen bereit, den Leistungen Doughty's Gerechtigkeit widerfahren zu lassen. Denn die Schwierigkeiten waren beidemale so ziemlich dieselben, und können nur von demjenigen gewürdigt werden, der sie an sich selbst empfunden hat.

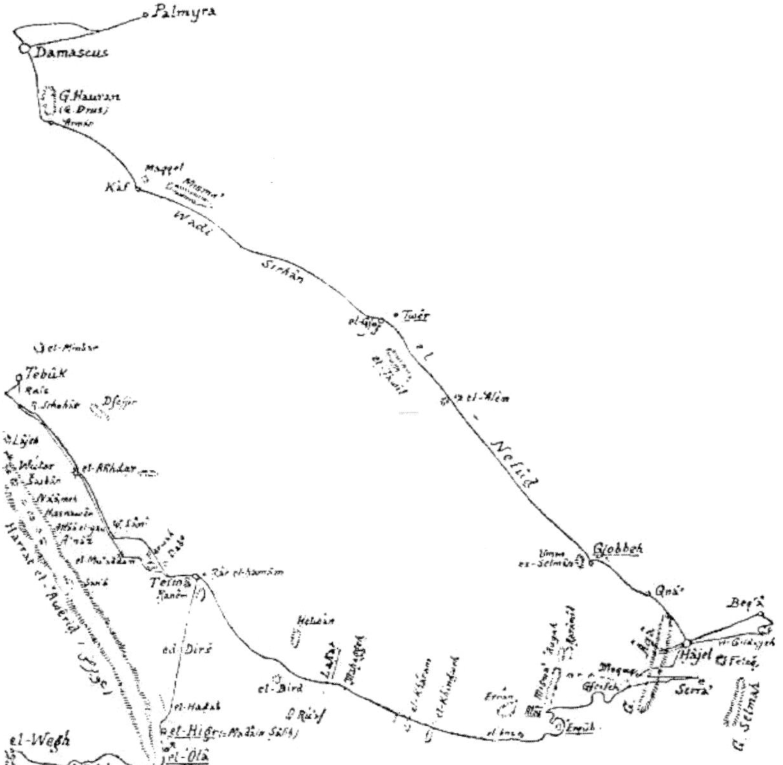

Fund-Karte der nabatäischen Inschriften in Arabien.

Fig. 1.

Nicht nur sind die körperlichen Anstrengungen ganz ungewöhnliche, sondern auch die hohe und oft unbequeme Lage der Inschriften, die Ungunst des Climas und der Witterung, bei all dem noch die Gefährlichkeit der Gegend in einem

Gränzgebiet (wo sich Béli, Fúqarah, 'Aleideh, Banî 'Aṭijjeh, Geheineh begegnen) dürfen nicht unterschätzt werden. Auf einer aus Europa ausdrücklich für el-Ḥegr (9 Monate lang unbenützt) mitgeschleppten hölzernen Leiter brachte ich 3 Tage hintereinander, täglich etwa 8 Stunden zu; die schmalen Sprossen schnitten in meine um des sicheren Haltes willen unbekleideten Fussohlen auf's schmerzhafteste ein. Dabei brannte die Sonne empfindlich auf meinen wenig geschützten Körper; die beduinische Kleidung, für die ganze Handtierung des Abklatschens sowie für das Auf- und Absteigen mit genässten Papieren äusserst hinderlich, hatte ich auf ein Kopftuch und zusammengeschnürtes Hemd beschränkt. Die Leiter selbst, welche durch Auseinanderschlagen auf die Länge von 8 Metern gebracht werden konnte, reichte nicht einmal für die Höhe aller Grab-Denkmäler aus, so dass ich z. B. von der 4. Grabkammer (s. Figur 11 S. 15) unverrichteter Dinge wieder abziehen musste. Dazu kommt noch der Wind, welcher, aller Geduld spottend, jede Arbeit schon im Entstehen zu verhindern droht; eine Inschrift an der Grabkammer No. 21 (s. Fig. 10 S. 15) habe ich in kleinen Stücken abgeklatscht, aber der Sturm hat mir alle die Papiere beim Abnehmen theils zerrissen, theils unbarmherzig entführt. So fehlen bei mir (— auch bei Doughty und Huber —) zwei grosse Inschriften, welche also einem glücklicheren Forscher vorbehalten bleiben. Wenn mir überdiess einige kleinere Inschriften entgangen sind, so bitte ich zu bedenken, dass ich für el-Ḥegr nur 3 Tage Zeit hatte (26.—28. März 1884), während Doughty ungefähr ebensoviel Monate an jenem Platz verbrachte. Von der Gefährlichkeit der Gegend mag das Tagebuch Huber's erzählen, der sich schon vorher von mir getrennt hatte und nach Madâîn-Ṣâliḥ vorausgeeilt war, dann aber, über der Arbeit an den Inschriften von mehr als einem Dutzend Béli überfallen, im Castell von Madâîn-Ṣâliḥ (welches NB.! 3 Mann Besatzung enthält) 10 Tage blokirt blieb, bis er durch mich, als gleichzeitigen Gastfreund der Béli, Deckung fand, und nun nach Abzug seiner Belagerer ungehindert das Castell verlassen konnte.

Wenn ich also dennoch zum grossen Theile dieselben Inschriften[1]) hier behandle, so geschieht das, weil ich auf Grund möglichst sorgfältiger Abklatsche (bezw. Zeichnung) im Stande bin, die Texte in einer weit vollkommeneren und sichereren Gestalt zur Prüfung vorlegen zu können, und weil ich die Zuversicht

[1]) vergleiche die Listen am Schlusse der Einleitung.

liege, dass meine **Feststellung** der Lesung[1]) und in Folge davon auch die Erklärung einen nicht unerheblichen **Fortschritt** darbieten. Ich verweise hier namentlich auf die verschiedenen **Zahlzeichen**[2]), welche von meinen Vorgängern an keiner Stelle erkannt worden sind: dadurch erfährt also die Datirung eine durchgreifende Umgestaltung. Auch der **Character der Schrift** ist bis jetzt viel zu wenig beachtet worden: die Keime der arabischen und syrischen Schrift liegen hier bereits vollständig ausgebildet vor, namentlich die Gesetze der Verbindung der Buchstaben unter einander. Schon in dieser Zeit (um Christi Geburt) **können** gewisse Buchstaben, wie Alef, Daleth-Resch, He, Waw, Zajin **nicht** nach vorwärts verbunden werden. Die Beachtung dieser Regeln würde manche falsche Lesung[3]) von vornherein ausgeschlossen, oder andererseits die Erkennung des arabischen ف (nicht ز) mit Nothwendigkeit ergeben haben. Auch gewisse Formen der Buchstaben sind schon mit grosser Gesetzmässigkeit entweder ausschliesslich oder doch in überwiegendem Gebrauch für **finale Verwendung** auszuscheiden; ich meine nicht bloss die schon lange erkannten Finalformen von He, Kaf, Mem, Nun, sondern auch Alef, Beth, Jod, Lamed, Pe, wie man am besten aus der S. 32 angehängten Uebersichtstafel der Schrift erkennen mag.

Ich darf nicht unterlassen, hervorzuheben, wie wesentlich mir durchweg die Mitarbeiterschaft meines Freundes Prof. **Nöldeke** zu Statten gekommen ist, dessen Rath und Ansicht ich in allen schwierigen Fragen in Anspruch genommen habe. Seine sprachlichen und sachlichen Erläuterungen[4]), besonders die Richtigstellung der Eigennamen habe ich ausführlich wiedergegeben; siehe die Noten ganz am Schlusse. Nicht minder bin ich dem Herrn Prof. A. von **Gutschmid** zu Dank verpflichtet, der in Beantwortung einiger chronologischen Anfragen, sich der Mühe unterzog, alle auf die nabatäische Königsgeschichte bezüglichen Notizen zusammenzutragen, und seine Verarbeitung mir für die vorliegende Abhandlung zur Verfügung zu stellen. Durch seine Forschungen, welche ganz am Schlusse

---

[1]) wenn nämlich die Lesung gesichert ist, bieten diese Inschriften keine weiteren Schwierigkeiten, als jeder andere aramäische Text auch. — Schreibfehler kommen zwar auch hier, z. B. בית für בירת 10, 7. 15, 8: אחתה für אחיתה 10, 4; מרח für מרנת 15, 6; יאלו für ואלת 16, 2; פבנתת für ובניתה 6, 3; אלוש für אנוש 14, 4; vielleicht לאפבלא für לאבפלא; 15, 9 fehlt hinter בר der Vatersname ('Abd'abodat).

[2]) siehe ganz am Schlusse der Abhandlung.

[3]) z. B. משברא in No. 55 (Berger 37), oder דונא Doughty 22 u. Pl. VIII fol. 12.

[4]) im Text durch N: „.....“ kenntlich gemacht.

niedergelegt sind, bin ich in den Stand gesetzt worden, die datirten nabatäischen Königsinschriften einem sicheren historischen Rahmen[1]) einzufügen.

Von den grösseren Inschriften zu el-Ḥegr (= Madâïn-Ṣâliḥ) und el-'Öla habe ich Abklatsche genommen, und diese letzteren nach meiner Rückkehr vorsichtig mit Bleistift geschwärzt, um das Bild der Schriftzüge, soweit es sich überhaupt begränzen liess, festzuhalten und deutlicher hervortreten zu lassen. Denn ein Papierabdruck von schlecht erhaltenen Inschriften, oder ein aus anderen Gründen mangelhaft gebliebener Abklatsch kann, ohne Schwärzung, mit Erfolg zwar noch von demjenigen gebraucht werden, welcher ihn in natura mit den Händen drehen und mit Hilfe des wechselnden Lichtes und Schattens verschieden beleuchten kann, hat aber, in der todten Wiedergabe einer einseitigen Beleuchtung, einen äusserst zweifelhaften Werth. Desshalb habe ich mich entschlossen, die zur Lichtdruckwiedergabe[2]) bestimmten Abklatsche (von welchen ich überdiess meistens ein zweites, mitunter sogar ein drittes Exemplar ungeschwärzt im Rückhalt habe) jener Ueberarbeitung zu unterwerfen.

Für die Nummerirung der grossen Inschriften war die zeitliche Aufeinanderfolge massgebend (s. die Uebersicht auf Liste S. 31). Die kleineren Inschriften habe ich mit der Feder gezeichnet und nach Uebertragung auf Zink dieser Einleitung einverleibt. Sie sind um der Bequemlichkeit willen numerirt, und zwar anschliessend an die grossen, mit den Nummern 31—70. Wenn auch der Werth derselben nicht hoch anzuschlagen ist, so glaubte ich doch, um der Vollständigkeit willen, und namentlich um ihre örtliche Verbreitung zu zeigen, sie nicht übergehen zu sollen.

Es bleiben noch die Namen el-Ḥegr und el-'Öla zu rechtfertigen: ich ziehe den alten, ursprünglichen und in der ganzen Gegend von den Umwohnern ausschliesslich gebrauchten Namen الحِجْر, el-Ḥigr oder eher el-Ḥegr gesprochen, der Benennung مدائن صالح Madâïn-Ṣâliḥ vor, welche als eine künstliche und aus muḥammedanischen Pilgerkreisen[3]) stammende zu betrachten ist. Auch Jâqût

[1]) siehe chronol. Uebersicht S. 30.

[2]) ausgeführt durch Hn. J. Krämer, Photographen in Kehl a/Rh.

[3]) In den muhammedanischen Pilgerbüchern (Itinerarien) kommen oft rein willkürliche, ganz abgeschmackte Namengebungen vor. So wird z. B. Tebûk durch einen türkischen (?) Namen Aassi churma („wilde Palme") ersetzt. Für die Station Ḍahr el-ḥamrah ظهر الحمرة werden nicht weniger als 7 Namen aufgeführt: siehe bei Ritter, Erdkunde XIII (Arabien II) S. 439, oder Hammer in den Wiener Jahrbb. 1840 Bd. 92, S. 40 No. 20.

und Muqaddasî gebrauchen ausschliesslich die Bezeichnung el-Ḥigr. Der Name اَلْعُلَى, an Ort und Stelle auch العلا und العله geschrieben, wird von den Europäern verschieden umschrieben: el-Aala, el-Olla (Burckhardt), ziemlich zutreffend el-Äle (Seetzen); unter Verkennung des ـى auf Karten auch: el-Alli (Doughty: Ally); ich schreibe ihn el-ʿÖla, wobei der Accent auf dem kurzen ö ruht, während das a am Schlusse eher kurz als lang erscheint. Das ʿAjin (— ebenso das ḥ z. B. in حُكْم, welches mir immer wie ḥökm klingt —), gibt dem ـع eine eigenthümliche Färbung, welche dem russischen jerrui am nächsten kommt.

Die Oase el-Ġauf[1]) (اَلْجَوْف d. i. „Aushöhlung, Einsenkung"), an Ort und Stelle el-Gyôf gesprochen, hat nur sehr wenige Spuren der Nabatäer aufzuweisen, und zwar in der zur Oase gehörigen kleinen Ansiedlung Ṭwêr die zwei kleinen Inschriften nab. 31 und 32 (Ṭwêr 1. 2), auf deren ersterer bloss der Name מלכו Mâliku zu erkennen ist. Die Zeichnungen auf den Felsen am Fusse des Berges Umm es-Selmân dicht bei Gjobbeh hatten schon 1845 Wallin's Aufmerksamkeit erregt (Zehme, S. 234). Ich bilde hier (Gjobbeh 1) den für jene Wüstengegend allerdings äusserst auffallenden von Pferden (nicht Kameelen) gezogenen Wagen hier unten ab; nur einmal noch habe ich eine ähnliche Dar-

nab. 31.

nab. 32.

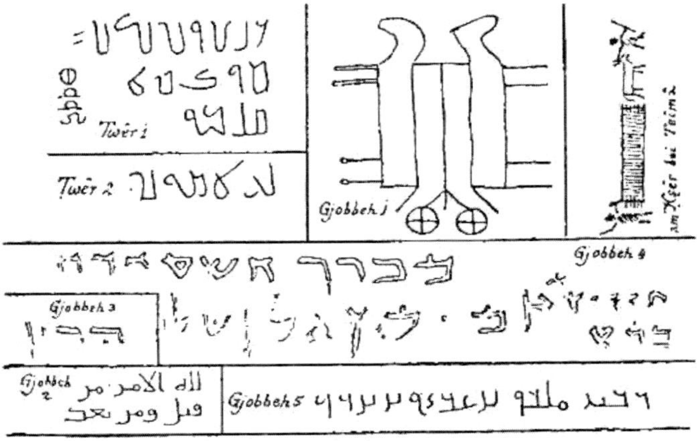

nab. 33.

Fig. 2.

[1]) der alte Name دومة الجندل Dûmat al-ġandal ist bei den Einwohnern zwar noch bekannt, aber doch gänzlich ausser Gebrauch.

stellung eines vor eine Egge (?) gespannten Zugthieres getroffen, und zwar am sogen. Ḳṣêr 1 Stunde westlich von Teimâ. Die kufische Inschrift (Gj. 2) ist übrigens nicht ein „Bismillâh“, sondern lautet لله الامر من قبل ومن بعد. Als Gjobbeh 3. 4 führe ich zwei schwach erhaltene Inschriften auf, die ich für entschieden hebräisch halte, und deren erste wohl heissen soll: מברך השם אדני „*Gepriesen sei der Name, der Herr*“. Gj. 5 ist Bruchstück einer nabatäischen Inschrift (No. 33) ···· דכיר מלכו בר עבין בר „*Es möge gedacht werden des Mâliku Sohnes des ....*“

In der Umgegend der Schámmar-Residenz Ḥâjel (حايل) finden sich keine nabatäischen, wohl aber — wie soll ich sagen? — protoarabische Inschriften, besonders auf dem Weg zum Berg Gildijjeh und an seinem Fusse selbst (s. Karte) ferner zwischen Beq'â (بقعا) und Ḥâjel.

In der Richtung gegen Westen (Teimâ) zu traf ich im Gebel Mismaʿ (مسمع) und zwar an seinem süd-westlichen Ende, in einer Einbuchtung Alâï (الالئي) an 3 verschiedenen Stellen nab. 34—36 (Alâï 1. 2. 3), wovon die erste identisch mit Huber-Berger 41, ohne dass ich jedoch der dortigen Lesung Beifall geben könnte. Ich lese — selbst mit vielen Fragzeichen — אנה עשמי משה ···· קלהנה מן טנק und möchte nur das erste Wort[1]) sicher als das biblisch-armäische אנה „ich“ ansehen. In den Felsschluchten des benachbarten Neḍîm el-ʿerqûb (نصيم العرقوب) copirte ich nab. 37 (N. el-ʿE. 1), vielleicht: עבדה בר הלמו בר פיק.

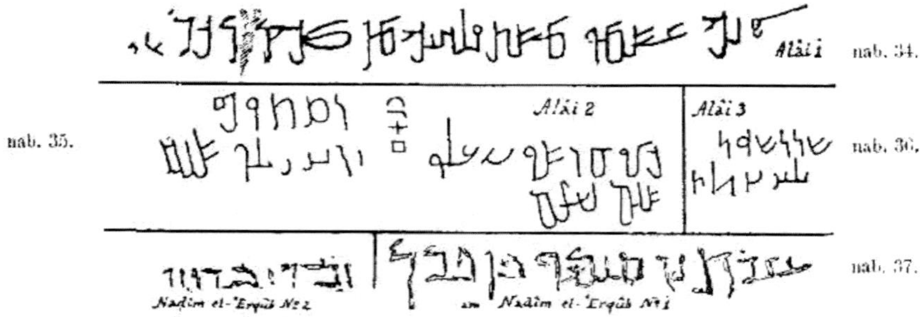

Fig. 3.

[1]) ebenso in Doughty Pl. XI fol. 19.

Von dem Kunststil der oft massenhaft in die Felsen eingemeisselten Zeichnungen möge die Auswahl beifolgender Proben (von denen ich Dutzende liefern könnte) eine Vorstellung geben. Es sind so ziemlich alle grösseren Thiere jener südlichen Länder vertreten, selbst der in Arabien jetzt ganz ausgestorbene Löwe; dann aber besonders verschiedene grosse Gazellenarten (baqar al-waḥš), Kameele, Pferde, Straussen, Ochsen, Steinböcke, Wölfe, Hyänen, Panther, Hasen, Hunde, selbst ein Schiff kommt vor, Palmen, Kämpfe Bewaffneter, Jagden u. dgl., selten Ornamente.

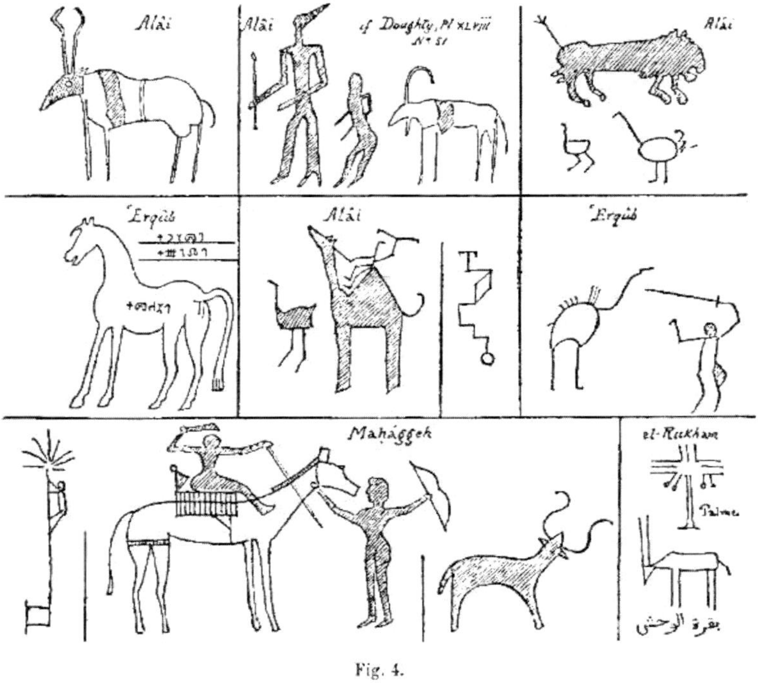

Fig. 4.

Der Felsendom von Maḥaggeh (محجّه) enthielt hundertweise protoarabische und küfische Inschriften, und die Figuren von vielen überlebensgrossen Kameelen; dagegen war in Laḳaṭ (versteckt auf der Rückseite der langen Felswand) eine gut erhaltene nabatäische Inschrift No. 38 (L. 1).

דכרן עויש (¹	„Erinnerung an 'Uwaiš (?)
מן קדם דושרא	vor Dûšarâ;
לחימו בר שלמ[ו]	von Khajjâmu bar Salâmu"

dann sonst noch (L. 2. 3) ein paar gewöhnliche Grüsse שלם שלם und der Eigenname שלמו.

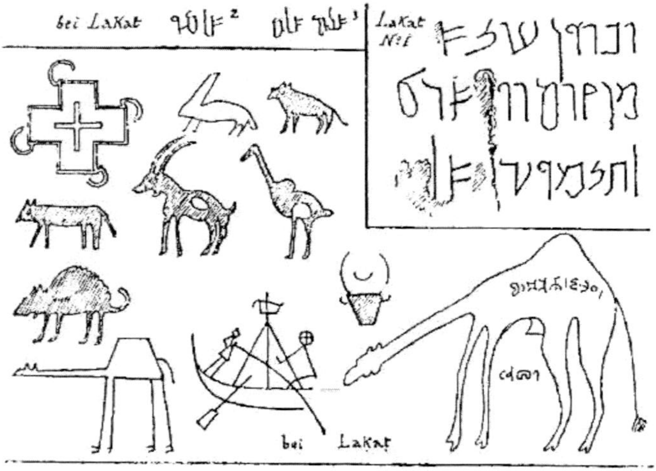

Fig. 5.

Teimâ[2]), die uralte noch ihrer Durchforschung harrende Stadt, birgt in ihrem Grunde wohl noch manches köstliche Denkmal ihrer Vergangenheit. Ausser den 3 altaramäischen Inschriften, welche Nöldeke in den Berl. Sitzungsberichten (phil.-hist. Cl. 10. Juli) 1884, S. 813—820 veröffentlicht hat, liegt zunächst nur noch eine vierte zu Tag, im Ḳaṣr ed-dâïr, und mit dieser ist nicht viel anzufangen. Sie ist auch von Doughty auf Pl. XXVII abgebildet. Die rohe Darstellung eines menschlichen Gesichtes fand ich auch auf einem anderen Stein, in einem Hause mit Brunnen, unweit des Ṭlêḥân. Die Hauptsache wären Grabungen im südlichen Theile der Stadt, unweit der Moschee, wo alte Säulenstumpfe noch zwischen den muḥammedanischen Gräbern herausragen. Der

¹) N: ‚man erwartet עוישו'.
²) aus Versehen auf der Karte (Fig. 1) ununterstrichen geblieben.

gutartige und nichts weniger als fanatische Khaṭib ʿAbdallâh (Abu Muḥammed) aus Schaḳra, mit dem ich mich bald sehr gut zu stellen wusste, ging mir sogar selbst an die Hand, als ich den Wunsch äusserte, nur soweit zu graben, dass ich die Basis einer solchen Säule zu Gesicht bekäme: die unterste Säulentrommel (210^{cm} im Umfang) sass direct auf einer von 6 viereckigen Steinen gebildeten Unterlage auf. Es war eine ziemliche Volksmenge versammelt, die mir weiter kein Hinderniss bereitete, weil ich ausdrücklich erklärte, dass ich durchaus nicht wünschte irgend ein Grab angetastet zu sehen. Ich glaube, es liesse sich dort noch viel machen. — In dem etwa eine Stunde von der Stadt entfernten sogenannten Râr el-ḥamâm (غار الحمام „Taubenloch“) waren auch nur protoarabische Namen; dazwischen aber, offenbar immer von derselben Hand, schöne kufische Inschriften, die in ihrer abwechselnd vor- und rückwärts-läufigen Schrift auf einen Stempelschneider oder Siegelstecher weisen.

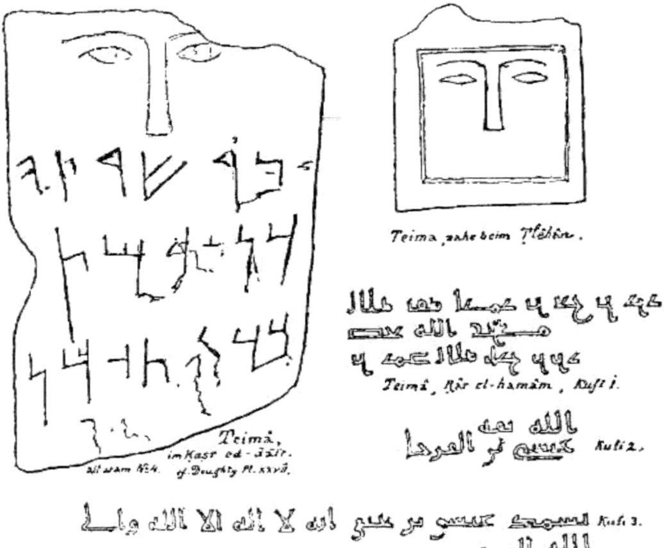

Fig. 6.

In der Stadt Teimâ selbst fanden sich zwei nabatäische Inschriften No. 40. 41 (T. 1. 2); wovon die erstere, eine Votivtafel, ziemlich lesbar:

nab. 40

···א די קרב	...... *welches darbrachte*
אנפי בר רגעא	„*Anfu, der Sohn des Rag'a.*
לתדה אלהתא	*der Tadâh (?) der Göttin*
על חיי	„*wegen des Lebens* ...“
....	.....

Das erste Wort (die Weihgabe enthaltend) kann ich nicht entziffern (— doch nicht ?מיתבא). אנפי wäre * أنف oder آنف (أنيف ist belegt); zu רגעא vergleiche رَجَع, im Qâmûs als N. pr. aufgeführt. Schwierig ist der Name der Göttin, bei welchem ich nicht zu entscheiden wage, wie die Buchstabenstriche abzutheilen sind (ob לפלדה oder ?לתדה). Wenn תדה richtig ist, könnte es nur = ثَدْى „weibliche Brust“ sein; oder תרה = ثَرًى „der feuchte Erdboden, Erde“. Das könnte man dann alles sehr schön mit der Gäa, Rhea zusammenbringen, wenn es nur nicht so ganz unarabisch aussähe. Beides will wenig passen. Die Form אלהתא ist unbestreitbar.

Nab. 41 (T. 2) muss ein Grabstein sein; ich erkenne in Z. 1 nur לנפשה; in Z. 3: די; Z. 4, Schluss: ואחרה לעלם „*und seine Nachkommen in Ewigkeit*“. Ich bemerke noch, dass die Buchstaben in Nab. 40. 41, wie auch sonst auf teimânischen Inschriften, erhaben aus den Feldern herausgeschnitten sind.

Anschliessend hieran theile ich ein merkwürdiges Bildwerk mit, das im Ḳaṣr (dermaligem Wohnsitz des Statthalters 'Abdal'azîz el-'Enqrî) hoch oben in einer Aussenwand eingelassen ist. Es ist eine Opferscene: ein Mann steht auf dem abgestutzten Wipfel eines mit Früchten behangenen Palmbaumes; hinter ihm rankt ein kräftiger Rebstock; zu beiden Seiten der Palme, auf niederen Gestellen fussend, zwei grosse Amphoren, wohl das Ergebniss der letzten Weinlese darstellend: der Mann wendet sich gegen einen mehrstöckigen Aufbau (?מיתבא, יתבא[1]), von Schemeln und Polstern gebildet; darüber (auf einer Tragbahre?) ist die Bildsäule der Gottheit sitzend zu denken. Ich würde es nicht für unmöglich halten, dass dieses Bild mit der altaramäischen Inschrift No. 2 (s. Nöldeke, Sitzungsb. phil.-hist. Cl. 1884, S. 819) zusammen ursprünglich ein Stück gebildet habe.

[1]) vgl. Doughty, Pl. III, fol. 1, 1.

nab. 40.

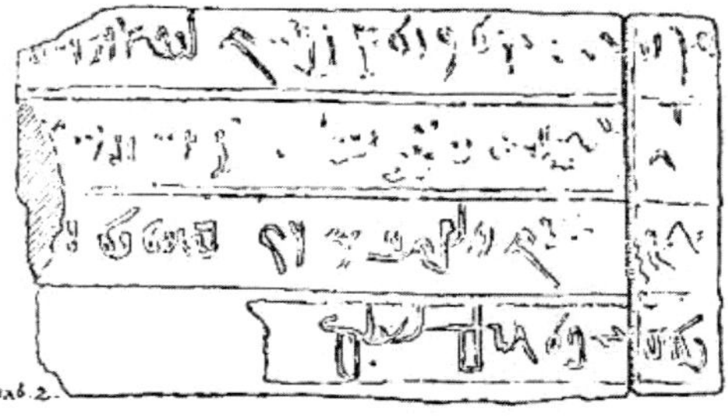

nab. 41.

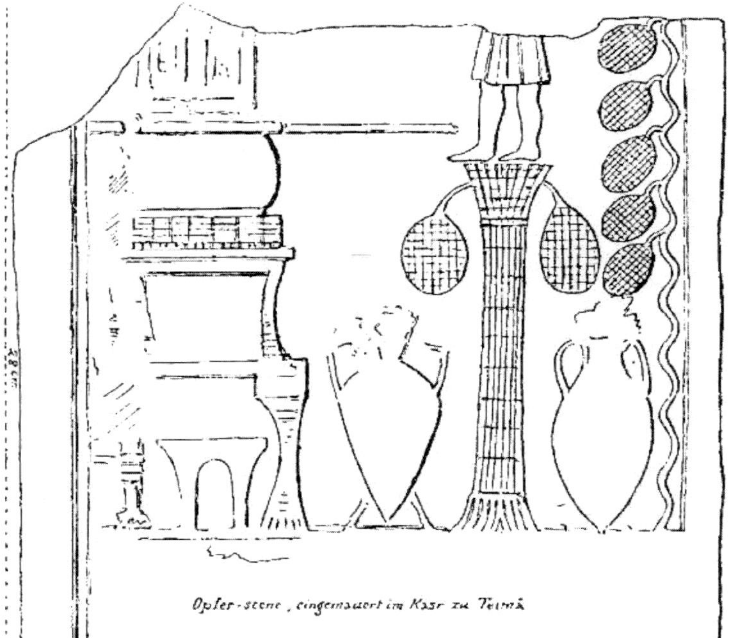

Fig. 7.

Auf dem Ritte von Teimâ nach el-Hegr traf ich die Felsen auch wieder voll von Zeichnungen und proto-arabischen Inschriften, besonders im sogenannten el-Dirš (الدغش). Am Ausgang aus der grossartigen Landschaft mit den Fels-Coulissen el-Hadab (الهضب) gewahrte ich von nabatäischer Schrift nur schwaches Gekritzel (nab. 42); ebenso an den Felsen zu el-'Öla, wohin ich mich (ohne Aufenthalt in el-Hegr) zuerst wandte, nur 2 Stück (nab. 43. 44) wovon die eine mit etwas alterthümlicher (beachte א) Cursive: אלנפיו בר עבד[ו]. Auf dem Rück-

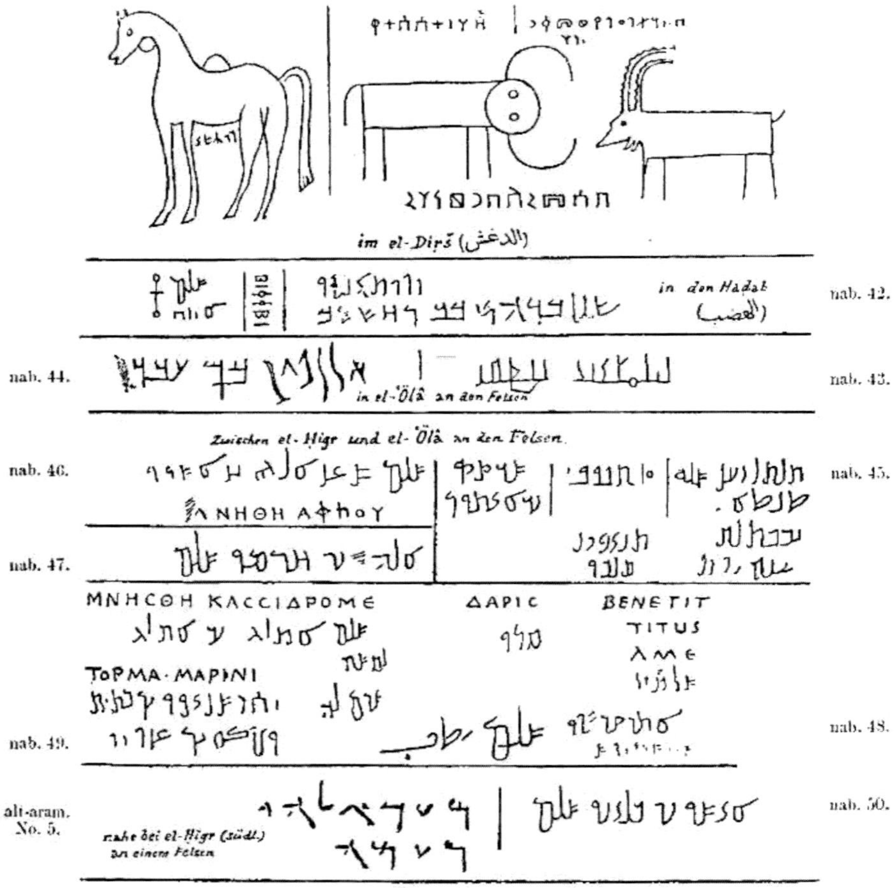

Fig. 8.

wege von el-'Öla nach el-Ḥegr nab. 45—50 an zerstreuten Stellen, dazwischen ein paar schlechte griechische, auch eine lateinische. Eine alt-aramäische (No. 5) מענאלהי נעמי Ma'nallâhî Na'âmî hat archaistischen Typus (V. Jahrh. vor Chr.?), wenngleich die Namensform Ma'nallâhi (auch nab. 56) معن الله (oder معن الله?) sie einer jüngeren nabatäischen Periode zuzuweisen scheint.

Bei weitem die ergibigste Fundstelle für nabatäische Inschriften ist nun aber der südlichste Punkt des alten Nabatäer-Reiches الحِجْر el-Ḥigr oder besser el-Ḥegr (s. oben S. 5), Ἔγρα bei Ptolemäus, Hegra (nicht: Hijra, D. p. 11) bei Plinius VI, 28. Dieses mächtige und reiche Emporium war der Umladeplatz der Carawanen für die Producte Jemens, während das nur 4 Stunden südlich gelegene el-'Öla[1]) die nördlichste sabäische Factorei bildete.

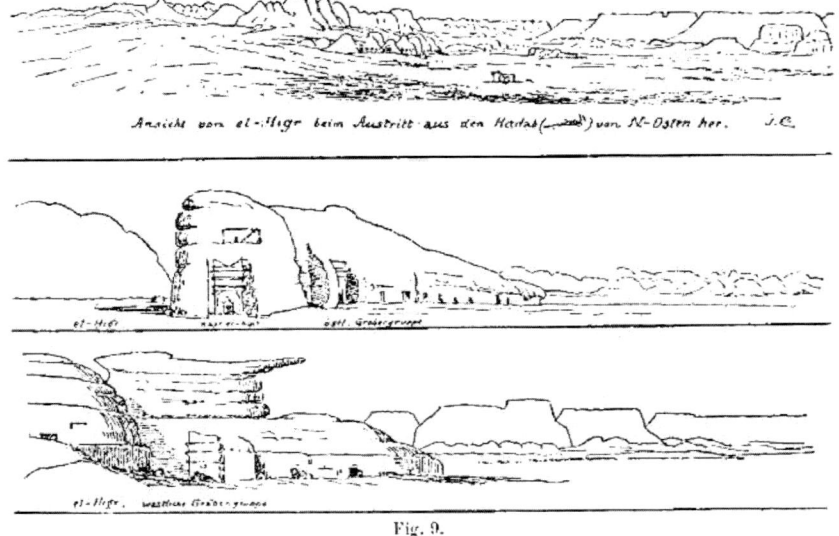

Ansicht von el-Hegr beim Austritt aus den Hadab(…) von N-Osten her. J.E.

Fig. 9.

Die allgemeine Ansicht von el-Ḥegr zeigt eine weite Ebene, in deren Mitte das moderne kleine Castell Madâïn Ṣâliḥ liegt. Links auf dem sachte an-

[1]) Der Boden dieser Stadt hat nur 2 nabatäische Inschriften geliefert (No. 1 u. 30); dagegen habe ich an himjarischen oder sabäischen etliche 50 wohlerhaltene Stücke entdeckt, welche demnächst von Prof. D. H. Müller zu Wien in den Denkschriften der k. k. Akademie veröffentlicht werden.

steigenden Hügel (D: Ethlib) steigt eine Gruppe von Felsen auf, in welchen das National-Heiligthum der Nabatäer (חרמא) gelegen haben mag, und deren einzelne Theile durch besondere Namen unterschieden werden; da gibt es z. B. den Diwân الديوان, das „Dach“ السَّطْح (auch شَطْب genannt), dann die Mesgid المسجد (Erinnerung an die verschiedenen masgedâ מסגדא No. 21??). Die Ebene, auf welcher die gewiss aus Lehmziegeln[1]) erbauten, und darum spurlos verschwundenen Wohnungen dieser Handelsleute gestanden haben müssen — wie aus den zahllosen Scherben und Glasresten hervorgeht — wird im Süden umrahmt von einem hufeisenförmigen Gürtel von abgetrennten Felsen[2]), die — von

Fig. 10.

Fig. 11.

[1]) das für el-'Öla und alle himjarischen und sabäischen Ansiedlungen charakteristische Kennzeichen von Wohnhäusern, Thürmen und Burgen, die aus behauenen Steinen erbaut sind, fehlt gerade in el-Hegr gänzlich. Die 2 himjarischen Steine im Castell sind gleich dem anderen Steinmaterial wohl erst aus den Ruinen von el-'Öla hieher verbracht worden.

[2]) Desshalb wird von den alten arabischen Schriftstellern immer hervorgehoben, man könne um die Häuser herumgehen und (wenn auch mit Mühe) hinaufklettern.

der Ferne Bienenkörben vergleichbar — aus dem sandigen Grunde hervorstossen. Das sind die Mausoleen der reichen Einwohner gewesen, und werden von den Arabern, weil's im Qor'ân so steht, für die Wohnungen der Thamudäer ausgegeben. Rechts auf dem Bild wird die Ebene von den südöstlichen Ausläufern der Ḥarrat el-'Awêriḍ (حرّة العويرض) begränzt.

Die Grabdenkmale mit den prächtigen aus den Felsen senkrecht abgestochenen Vorderseiten, besonders die Portale selbst mit ihrem mannigfachen Schmuck[1]) hatten schon die Aufmerksamkeit alter arabischer Reisenden erregt; und Muḥammed hat das Verschwinden[2]) der alten Bewohner (بنى ثمود Thamudäer) für seine religiösen Zwecke als Beweismittel göttlicher Strafgerichte an Leuten, die den Propheten nicht glauben wollen, ausgebeutet. Ich bemerke, dass die hinter den Thüren sich öffnenden Grabkammern einen kleinlichen Gegensatz zu der grossartigen Aussenseite bilden, und will hier als Probe nur ein paar der schönsten Grabdenkmäler wiedergeben.

el-Ḥigr. Grabmal „Ferîd"
[illegible]
südl. Gruppe.

Fig. 12.

[1]) Muqaddasi in Geogr. arab. III, 84. 103: على ابوابها عقود وضروب ونقوش.
[2]) Der Landweg verödete, seit der Handel auf die Wasserstrasse des Rothen Meeres gelenkt wurde.

Das erste (Figur 10) ist das Grabmal in der südwestlichen Gruppe, welches Doughty (Pl. XXXIX etwas zu gedrückt) mit dem Namen Bet Akhraemat belegt, von meinen Bëli aber als „Qaṣr eṣ-ṣâni“ قصر الصنع bezeichnet wurde; das andere (Figur 11) in der östlichen Gruppe trug die für mich unerreichbare Inschrift (s. oben S. 3). Vor dem höchsten aller Monumente (Figur 12), einem mächtigen ganz freistehenden Block, „Ferîd“ فريد genannt (bei D. Pl. XXXIV fig. 19 und Text p. 13. 18), befinden sich eigenthümliche aus dem Gestein herausgeschnittene Sitzbänke, zu jeder Seite des Eingangs 3 Stück unter rechtem Winkel auf die Vorderseite zulaufend. Daher mag der Name stammen, welchen D. für diess Monument gehört hat: Mahal el-meglis (محل المجلس).

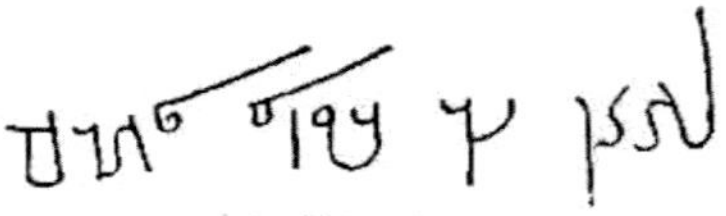

Fig. 13. nab. 51.

Die Inschrift nab. 51[1]) lese ich: לחין בר כוזא אחרה was zu übersetzen ist: „*dem Ḥajjân dem Sohne des Kûzâ [haben's errichtet] seine Nachkommen*“. حَيَّن ist ein häufiger Name; und für כוזא sind zu vergleichen die Namen كويز, مكوز, مكوزة.

Etwas tiefer unten befindet sich noch eine unleserliche andere nabatäische Inschrift.

Unweit von einer Grabkammer, an welcher der thatkräftige gegenwärtige Emîr Muḥammed ibn Raschîd seinen Namen und sein Familienzeichen (wasm) nämlich ein Kreuz †, hier an den Gränzen seines Reiches verewigt hat, befindet sich eine kleine Inschrift No. 52 (= D. Pl. VIII fol. 12)

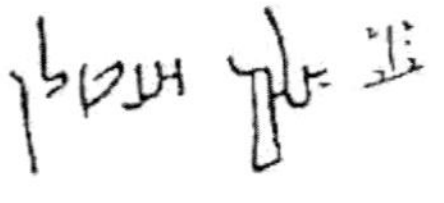

Fig. 14. nab. 52.

שלם חנטלן ··· „*Gruss! Ḥanṭalin*“. Ich leite den Namen von حَنْظَل d. i. Coloquinthe ab (der Name حَنْظَلَة ist häufig). Es ist diess das einzige Beispiel, durch welches

[1]) D. No. 22 auf Pl. LVII, und Pl. VIII, 12 und Pl. XXXIV, 9.

sich arabisches ث belegen lässt. Bei dieser Gelegenheit möchte ich darauf aufmerksam machen, dass hier und an vielen anderen Stellen[1]) vor dem Beginn einer Inschrift, besonders vor שלם ein scheinbares Geschnörkel vorausgeht, das dann bei näherer Beobachtung aber als eine Gruppe von 3 Zeichen (etwas wie כלא oder כלי) sich herausstellt, die mir nicht absichtslos scheinen, sondern vielleicht als Abkürzung eine conventionelle religiöse Bedeutung gehabt haben mögen.

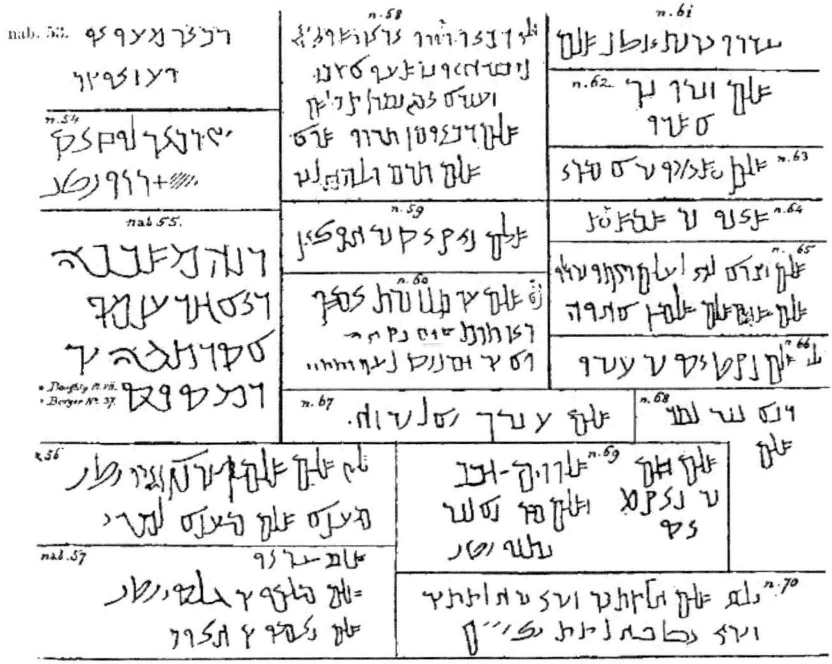

Fig. 15.

Die übrigen kleinen Inschriften meist aus der Nähe des „Diwân" stammend, sind oft kaum zu lesen. Eine Auswahl (No. 53—70) bietet hie und da einen interessanten Namen.

---

[1]) vgl. nab. 54. 56. 58. 60. 66. 70 = D. Pl. VIII fol. 12; IX, 15. 4 (13, 5); dann besonders bei Lottin de Laval Pl. 43, 44. 48. 51. 58. 63. 69. 70; auch auf palmyrenischen z. B. de Vogüé No. 68. (69. vgl. Mordtm.)

nab. 55 (= H. 37 = D. Pl. VII fol. 10) ist zu lesen:

דנה משכבא	„*Diess ist die Lagerstatt,*
די אחד ענמו	*welche bereitete Rânimu,*
אסרתגא בר	*der Strateg, der Sohn*
דמספס	*des Damasippos.*“

משכבא] mit כ zu lesen, nicht משכרא, eben weil der Buchstabe vor א nach vorne verbunden ist (S. oben S. 4).

אחד] vgl. arab. VIII اِتَّخَذَ „*unternehmen, bereiten*“.

דמספס] N: „= *Δαμάσιππος*“.

nab. 56 ··· שלם שלמן בר ··· בטב „. . . *Gruss! Šalmân Sohn des* . . .; *in Gutem*“
darunter מענא שלם מענאלהי „*Ma'nâ: Gruss! Ma'nallâhi.*“

מענא] N: „vgl. ܡܥܢܐ in Acta Martyrum ed. St. E. Assemani I, 226 f.; Wright, Cat. syr. Mss. I, 185ᵇ: ܡܰܥܢܳܐ; und Elias von Nisibis in der Anm. zu Barhebr. Hist. eccl. II, 53; und מַעְנִי oft in palmyr“.

Den Ma'nallâhî siehe schon oben (S. 13 f.) in einer künstlich (?) - archaïstischen Inschrift (alt-aram. 5).

nab. 57 {
שלם עדיו „*Gruss! 'Adijju.*“
שלם מלכו בר גלסי בטב „*Gruss! Mâliku Sohn des Gelâsî; in Gutem.*“
שלם תימו בר חימו „*Gruss! Taimu (?) Sohn des Khajjâmu (?).*“
}

עדיו = عَدِيّ. Sollte in גלסי der späte Name *Γελάσιος* stecken?

nab. 59 ··· שלם ניקים בר חקטין „. . . *Gruss! Nikias, Sohn des Ḥḳṭjn.*“

ניקים] = *Νικίας*.

חקטין] N: „vgl. حِقِطَّنَةٌ حِقِطَّانٌ *kurz*; und حَيْقُطَانٌ Qâmûs „*Männchen des* دُرَّاج d. i. *Francolinhuhnes*““.

nab. 65 ··· שלם וידאלהי לעלם די „*Gruss! Zaid'allâhi in Ewigkeit* . . .“
שלם שלם שלם שלמן אחוה „*Gruss, Gruss, Gruss! Šalmân, sein Bruder.*“

וידאלהי] wie bei de Vog. nab. 12: زَيْدُ الله.

nab. 66 ···· שלם נקטים בר עבדו „. . . *Gruss! Niketes, Sohn des 'Abdu.*“

נקטים] = *Νικήτης* oder *Νικήτιος*.

3*

nab. 69 שלם ··· בר ניקמדם „*Gruss . . . Sohn des Nikomedes (?).*“

Der letzte Name ist unsicher. Es scheint statt ד eher ein י dazustehen, oder gar *Νικόμαχος*?

nab. 70 ··· שלם חלצת בר זבדי בר חלצת בר
זבדי בטב חלצת בי ··· ם

„*Gruss! Khâliṣat Sohn des Zabdai, Sohnes des Khâliṣat, Sohnes des*
„*Zabdai, in Gatem. Khâliṣat . . . . .*“

חלצת] Sollte wohl خَلِصَةُ sein, was auffallenderweise sich nicht belegen lässt.

I. Chronologische Uebersicht der nabatäischen Inschriften aus el-Ḥigr und el-'Öla.

	No. der Inschriften bei Euting	bei Renan „ Berger (Doughty-Huber)	datirt vom Monat	Jahr	der nabatäischen Könige	= christl. Aera.	Stifter des Denkmals.	Steinmetzen.
FO: el-'Öla SO: Strassburg	1	∘	Êlûl	1	des K. ḤÂRIṬAT [IV] PHILOPATRIS [1])	9 v. Chr.	Moqîmu b. Meqîm'êl	
FO: } el-Ḥigr SO: }	2	29	Nisân	9		1 „ „	'Âiḏu b. Kuhailu	
„	3	2	Ṭêbêt	9	„	1 „ „	Kamkâm u. Kulaibat	Wahb'allâhi (I) b. 'Abd'abodat (I).
„	4	30	Šebâṭ	13	„	4 n. Chr.	Ḥanšabu	
„	5	34	Nisân	17	„	8 „ „	Malkion	'Abdḥâriṭat b. 'Abd'abodat (I).
„	6	18		24	„	15 „ „	Mun'at	
„	7	5	26ten Âb	25	„	16 „ „	Taim'allâhi (Âmâh)	
„	8	13	Ijjâr	33 (?)	„	24 „ „	Wašwaḥ (?)	
„	9	28	Ijjâr	35	„	26 „ „	Kahlân	Aftakh b. 'Abd'abodat (I) u. Khalf'allâhi b. Ḥimlâgu.
„	10	31	Nisân	36	„	27 „ „	Arwas (?)	Aftakh b. 'Abd'abodat (I) u. Wahbu b. Afṣâ u. Ḥûru b. Uḥajju.
„	11	4	Nisân	36 (?)	„	27 „ „	Šullâj	Aftakh.
„	12	7	Nisân	40	„	31 „ „	Khalafu b. Qosnâtan	Raumâ u. 'Abd'abodat (II).
„	13	36	Ijjâr	40	„	31 „ „	Ḥusaiku	['Abd'abodat II]?
„	∘	9		43?	„	34? „ „	[? Tusnh ?]	Aftakh b. 'Abd'abodat (I).
„	14	33	Ṭêbêt	44	„	35 „ „	'Abd'abodat	Aftakh b. 'Abd'abodat (I).
„	15	8	Ṭêbêt	45	„	36 „ „	Rânimu u. Arisoxe	Aftakh b. ['Abd'abodat I?]
„	16	3	Nisân	48	„	39 „ „	Maṭijju (?). Strateg	[Wahb'allâhi II?] . . . . b. 'Abd'abodat (II).
„	17	14	?	48	„	39 „ „	Šabbaj (?) u. Nubaiqat	
„	18	21			„		Sukainat	
„	19	12	unleserlich				Mun'at u. Hâgir	
„	20	6	Nisân	?			[Sa'd]'allâhi, centurio	Aftakh.
„	21	1	Nisân	1	des K. MÂLIKU [III] [2])	39 „ „	Šakûḥu (?)	
„	22	35	3ten Âb	3	„	41 „ „	. . . ?	'Abd'abodat (III) b. Wahb'allâhi (II).
„	23	15		9	„	47 „ „	Ba'anu b. Su'aid	Hâni'u b. 'Obaidat.
„	24	32	Adâr	11	„	49 „ „	'Âiḏu, Ὕπαρχος	{ 'Abd'abodat (III) b. Wahb'allâhi (II) Hâni'u b. 'Obaidat Afṣâ (II) b. Khawwâtu.
„	25	16		17 (?)	„	55 „ „	'Abdâ u. 'Eli'êl	
„	26	11		21	„	59 „ „	Hinat berat Wahbu	
„	27	10	Ijjâr	2	des K. RAB'ÊL [II] [3])	73 „ „	Hinat bt 'Abd'abodat	
„	28	19		4	„	75 „ „	Anat bt Kamûlat.	
„	29	40 Pl. IX fol. 15						
FO } el-'Öla SO }	30	Pl. XIV fol. 25						

[1]) 9 v. Chr. — April 39 n. Chr.
[2]) April 39 - 71 n. Chr.
[3]) 72—105 n. Chr.

II. Vergleichungsliste der Nummern bei Doughty-Huber (Renan-Berger) mit der Nummerirung in der vorliegenden Arbeit (E).

D 1	= E 21	D 15		= E 23	H 28		= E 9
„ 2	= „ 3	„ 16		= „ 25	„ 29		= „ 2
„ 3	= „ 16	„ 17		= „ "	„ 30		= „ 4
„ 4	= „ 11	„ 18		= „ 6	„ 31		= „ 10
„ 5	= „ 7	„ 19		= „ 28	„ 32		= „ 24
„ 6	= „ 20	„ 20		= „ "	„ 33		= „ 14
„ 7	= „ 12	„ 21		= „ 18	„ 34		= „ 5
„ 8	= „ 15	„ 22	= Pl. VIII.	= „ 51	„ 35		= „ 22
„ 9	= „ "	„ 23	= Pl. IV.	= „ "	„ 36		= „ 13
„ 10	= „ 27	„ 24	= Pl. V.	= „ "	„ 37	= D. Pl. VII.	= „ 55
„ 11	= „ 26	„ 25		= „ "	„ 38		= „ "
„ 12	= „ 19	„ 26		= „ "	„ 39		= „ "
„ 13	= „ 8	„ 27		= „ "	„ 40	= D. Pl. IX.	= „ 29
„ 14	= „ 17				„ 41		= „ 34.

Verzeichniss der Abkürzungen.

D = Doughty (s. S. 1).

H = Huber (s. S. 1).

N = Nöldeke.

de Vog. = M. de Vogüé, Syrie centrale. Inscriptions sémitiques. Paris, Baudry 1868. 4⁰.

Wadd. = W. H. Waddington, Inscriptions grecques et latines de la Syrie. Paris. Didot 1870. [A. aus dem grossen Reisewerke.]

Wetzst. = J. G. Wetzstein, Ausgewählte griechische und lateinische Inschriften, gesammelt auf Reisen in den Trachonen und um das Haurângebirge (Abh. der Berl. Akad. 1863) Berlin 1864. 4⁰.

Wüst. = Ferd. Wüstenfeld, Genealogische Tabellen der arabischen Stämme und Familien. Göttingen 1852 qu. folio und Register in 8⁰. Göttingen 1853.

Zehme = Albr. Zehme, Arabien und die Araber seit hundert Jahren. Halle, Waisenhaus 1875. 8⁰.

FO = Fundort.

StO = Standort.

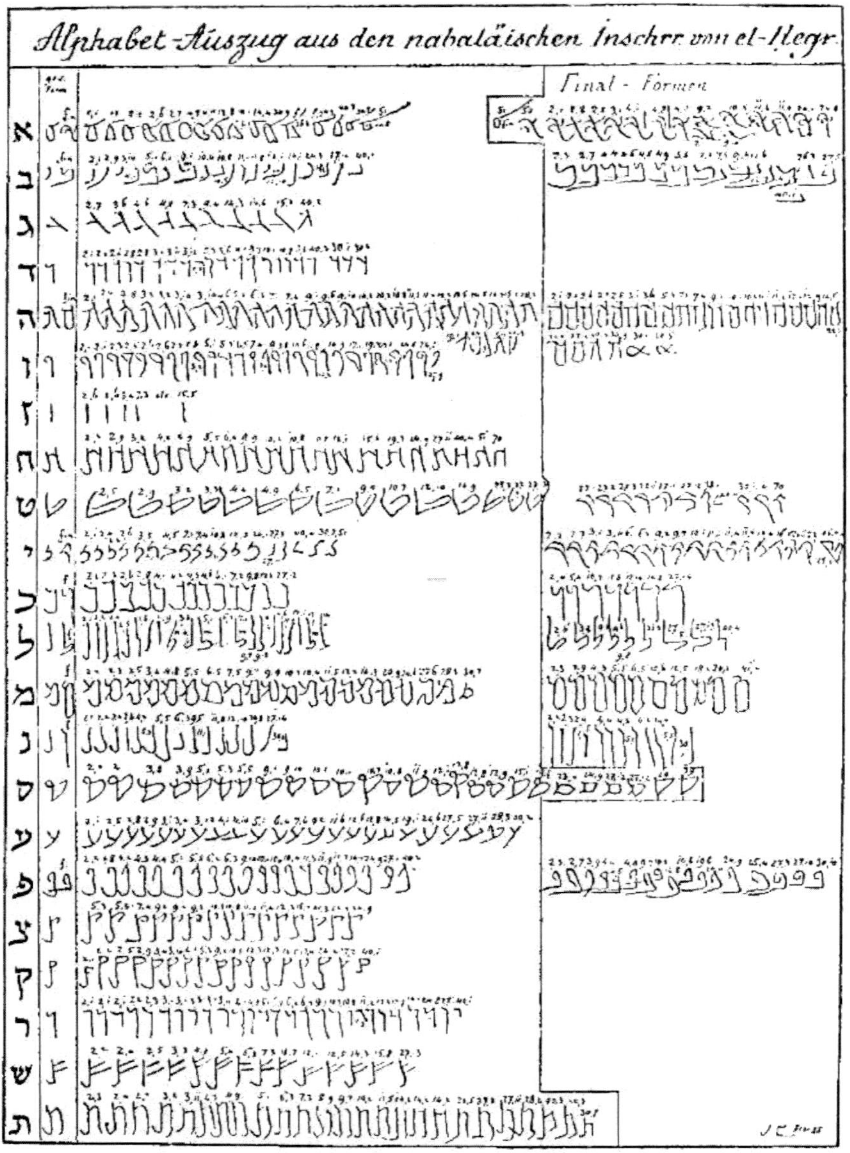
Alphabet-Auszug aus den nabatäischen Inschrr. von el-Hegr
Final-Formen
א ב ג ד ה ו ז ח ט י כ ל מ נ ס ע פ צ ק ר ש ת

Fig. 16.

No. 1

(el-'Öla No. 1)

d. d. Monat Èlûl Jahr 1 des Ḥâriṯat = 9 vor Chr.

1 רא נפשא די א ·· בר
2 מקימו בר מקימאל די בנה
3 לה אבוהי בירח אלול
4 שנת א להרתת מלך נבטו

1 „*Diess ist der Denkstein des 'A . ., Sohnes*
2 *des Moqîmu, Sohnes des Meqîm'êl, welchen erbaute*
3 *ihm sein Vater im Monate Êlûl*
4 *im Jahre I des Ḥâriṯat, Königs der Nabatäer.*"

Original in meinem Besitz. Den Stein habe ich aus dem Thürpfosten eines Hauses in el-'Öla herausnehmen lassen.

1 נפשא] „*Denkstein, Grabstein*" ist schon früher aus de Vogüé palm. 31 und nab. 10. 11 bekannt, ebenso aus den beiden palmyrenischen Inschriften aus Africa (auch im Syrischen schon von Castellus bezeugt, und durch weitere Stellen zu belegen).

Der Eigenname des Mannes, für den das Grab bestimmt war, lässt sich nicht mehr errathen (אבר? oder dgl.).

2 מקימו] N: ‚oft in palmyrenischen und griechischen Inschriften *Μοκεῖμος, Μοκῖμος* (= * مُقَيْم, welches nicht mehr vorzukommen scheint).'

מקימאל] N: ‚Aus diesem zusammengesetzten Namen mag מקימו verkürzt sein. Die Bildung genau wie מריב בעל „*Ba'al streitet*" 1. Chr. 9, 40; vgl. מְהֵיטַבְאֵל Neh. 6. 10. 1. M. 36, 39; מְשֵׁיזַבְאֵל Neh. 3, 4. 10, 22. 11, 24.' Der Name ist übrigens auch carthagisch; so auf einer Votivtafel, welche sich im Museum zu Avignon befindet, und hier in Abbildung folgt:

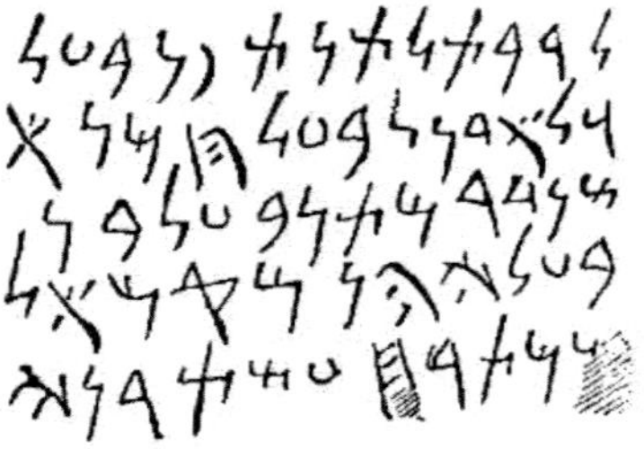

Fig. 17.

„*Der Herrin der Tanit von Pené-Ba'al, und dem Herren dem Sonnenba'al [ist geweiht das], was gelobte Mattanba'al, der Sohn des Ba'aljahôn (?) Meqîm'êl, der Sohn des Mutrâch (?) aus 'Ašterân (?).*"

בנה] mit ה wie bei de Vog. h. 1. 2. 3. nab. 6. 10. 13 (neben sonstigem בנא) „*er baute*", ist auf dem Originalstein in Folge zufälliger Beschädigungen nicht ganz leicht zu erkennen; man würde zuerst eher auf eine (übrigens unmögliche) Lesung עבה oder ענה verfallen (vgl. Schröder ZDMG 38, 533).

4 Das Jahr I des Ḥâriṯat [III] entspricht, wie aus der Beweisführung A. von Gutschmid's[1]) hervorgeht, dem Jahre 9 vor Christi Geburt. Auf allen späteren Inschriften führt dieser König noch den Beinamen רחם עמה „*welcher sein Volk liebt*" = *Φιλόπατρις*.

No. 2 = H. 29

d. d. Monat Nîsân Jahr 9 des Ḥâriṯat = 1 vor Chr.

1 דנה קברא די עבד עידו בר כהילו בר
2 אלכסי לנפשה וילדה ואחרה ולמן די ינפק בידה
3 כתב תקף מן יד עידו קים לה ולמן די ינתן ויקבר בה
4 עידו בחיוהי בירח ניסן שנת תשע לחרתת מלך
5 נבטו רחם עמה ולענו דושרא ומנותו וקישה
6 כל מן די יזבן כפרא דנה או יזבן או ירהן או ינתן או
7 יוגר או יתאלף עלוהי כתב כלה אי יקבר בה אנוש
8 להן למן די עלא כתיב וכפרא וכתבה דנה חרם
9 כחליקת חרם נבטו ושלמו לעלם עלמין

[1]) siehe am Schlusse.

Z. 1 *„Diess ist das Grab, welches gemacht hat ʿÂïḏu der Sohn des Kuhailu, Sohnes des*

2 *Alexi für sich selbst und seine Kinder und deren Nachkommen und für einen solchen, der in seiner Hand vorweist*

3 *eine von der Hand des ʿÂïḏu [ausgestellte] Urkunde der Bestätigung, eine Vollmacht für ihn, und für einen solchen, welchem das Begräbnissrecht darin verleiht*

4 *ʿÂïḏu zu seinen Lebzeiten; im Monate Nîsân im Jahre neun des Ḥâriṯat, Königs*

5 *der Nabatäer, welcher sein Volk liebt. Und es mögen verfluchen Dûšarâ und Manôtu und Qaisâh*

6 *jeden, der verkauft diese Grabhöhle, oder kauft, oder verpfändet oder verschenkt, oder*

7 *vermiethet, oder über dieselbe irgend ein anderes Schriftstück verfasst, oder einen Menschen drin begräbt,*

8 *ausser einen der oben Verzeichneten. Und die Grabhöhle und diese ihre Aufschrift sind unverletzlich*

9 *gleich der Beschaffenheit des Heiligthums der Nabatäer und Salamier in alle Ewigkeit.“*

Z. 1 קברא] sicher; nicht כפרא wie Berger No. 29.

עידו] N: ‚عائذ, das wie عائذة öfter vorkommt = *Αὔδος*, Wadd. 2034. 2104. 2231ᵃ. 2045.‘

כהילו] N: ‚كُهَيْل Ibn Doreid 111, 2; ebenso de V. 30ᵃᵇ und vielleicht 138.‘

Z. 2 אלכסי] *Ἀλέξιος.*

אחרה] N: ‚ob das stets im Singularis (wie auch ילד) stehende אחר arabisch (آخِر, أُخر? oder anders) oder aramäisch ist, lässt sich nicht sagen.‘ Ich will nur noch beifügen, dass in Syrien im Vulgärarabischen وراء für Nachkommenschaft, Familie überhaupt gebraucht wird.

Z. 5 דושרא] ذو الشرى, *Δουσάρης*; über diesen Gott siehe besonders de Vog. p. 120 ff. und J. H. Mordtmann in ZDMG 29, 99 ff.

מנותו] N: ‚genau die ḳorânische Schreibung مَنٰوة Sure 53, 20 [s. Nöldeke, Gesch. des Qorân's S. 256]. Höchst auffällig nur die regelmässig hier stehende

Endung ו. die sonst im Nabatäischen nie nach dem ה des Femininums vorkommt (wie nie ein Name auf s Tanwin hat)'; vgl. am Schlusse Note 1.

קישה] so auch 3, 4; einmal: קישא 12, 9 = قَيْس in امرؤ القيس, عبد القيس. عبد قيس. Auffallend ist die Endung s. Note 2, e, β.

Z. 6 כפרא] Ueber das in diesen Inschriften so häufig vorkommende כפרא äussert sich Nöldeke:

'Von der allgemeinen Bedeutung *„zudecken"* bekommt كفر auch die Bedeutung *„verhüllen, verdunkeln"* z. B. vom nächtlichen Dunkel, vgl. Ǵauharî. Daher könnte sich die Bedeutung *„Höhle"* oder aber *„Grab"* entwickelt haben. Ǵauharî gibt كفر geradezu in der Bedeutung von قَبْر. Der Beleg ist aber nur eine Tradition اللهمّ أغفِرْ لأهْلِ الكُفور *„O Gott! vergib den Leuten der* كفور*"*, wo die Erklärung *„Gräber"* für كفور nicht sicher ist. (Tâǵ el-'arûs hat nichts mehr als Ǵauharî.) Vielleicht ist כפרא aber nur eine, durch Assimilirung des Anlautes an das פ entstandene Umformung von גפר: جَفْر ist ein nach unten weiter Brunnen und sonst allerlei Weites *„Bauchiges"*; جُفْرَة ist eine grosse Grube (Kâmil 299, 3), oder eine runde Einsenkung im Boden. Ǵauharî (= Jâqût II, 91. 93). مُجْفَر ist *„dick, bauchig"* Amraalqais 4, 20; Alqama 1, 14; Hudhail 272, 6 u. s. w. (vgl. Ǵauharî). Auf alle Fälle kann mit כפרא *„Höhle"* כְּפוֹר ein gewisses *„Gefäss"* 1. Par. 28, 17. Esra 1, 10. 8, 27 und etwa auch äthiop. kafar *„Korb"* (und ein *„Mass"*) sehr gut zusammenhängen, während כְּפִיר *„junger Löwe"* nicht leicht damit zu verbinden ist. Gerade aus dem Aramäischen finde ich aber gar nichts, dessen Zusammenstellung mit כפרא *„Grabhöhle"* nur einige Wahrscheinlichkeit hätte.'

David Heinrich Müller (Anzeiger der Wiener Ak., phil.-hist. Cl. 17. Dec. 1884 No. XXVIII) hat das Substantivum und Verbum auf einer sabäischen Inschrift (el-'Öla No. 15 und sonst) nachgewiesen: *„'Abdkharim Sohn des FLH Zaid von Ghâbat . . . grub (כפר) für sich und seine Nachkommen diese Höhle (הכפר הֹדה) in ihrer Gesammtheit, und begann die Steinbohrung im Jahre zwei des Talmai, Sohnes des* HN'S.*"*

Z. 7 יוגר] Impf. Af'el von אגר, wofür sonst auch (s. No. 23, 2) יאגר Impf. Pe'al (vielleicht auch Pa'el) vorkommt; vgl. Note 2, b.

יתאלף עלוהי כתב כלה] vgl. 20, 10: יבל מן די יתאלף בכפרא דנה או יעיר וג'; 27, 10:

4*

יתאלף בבפרא דנה כתב כלה]: N: ‚Mit dem aram. אלף, resp. ילף *„lernen, lehren"*, ist hier offenbar nichts auszurichten. Der Sinn verlangt etwas wie *„ein Schriftstück componirt, aufsetzt"*. Das zweite Beispiel (20, 10) zeigt, dass das Object fehlen kann, und der Sinn doch klar ist. Da muss man wohl an أَلَّفَ *„verbinden, componiren"* denken, welches ja geradezu die Bedeutung *„[Bücher] verfassen"* erhält. Dass hier die Reflexivform steht, kann diese Auffassung nicht hindern. Es ist vollständig gleichwerthig mit dem sonstigen כְּתַב בְּ.‘

Z. 8 לָהֵן = לָא הֵן *„ausser"* wie Dan. 2, 11. 3, 28. 6, 8, ebenso No. 11, 3; das einfache הֵן *„wenn"* siehe 14, 5.

עלא] N: ‚immer = עֵלָּא Dan. 6, 3 *„oben"*, wofür gewöhnlich ܠܥܠ gesagt wird, jüdisch auch לְעֵילָּא.‘

חרם] N: ‚Nicht bloss die Grabstätte selbst, sondern auch die rechtsgültigen Documente darüber (כתבה) sind unverletzlich; vgl. 4, 3 und palmyr. de V. 35: קברא דנה ··· חרם לה ולו.‘ חרם findet sich auch palm. de Vog. 3 (= ἀναθέματα); מחרמתא palm. Pozzuoli 2, 1. 5. 6; in himjarischen verschiedentlich Hal. 50. 176, 2. 411, 6. 504, 1. 3. 542, 2. Fresn. 53. Os. 29, 5.

Z. 9 חליקה] N: ‚خَلِيقَة *„Beschaffenheit"* ist ein vorislâmisches Wort (Amraalqais 45, 17, dessen Mu'allaqa v. 21; Nâbigha 21, 17; 'Antara 2, 20; Zuhair 4, 12; 15, 4. 17, 21, dessen Mu'allaqa v. 60 ebenso) wie خُلُق *„Character"* und ist also nicht von خَلَقَ im theologischen Sinne *„erschaffen"* abzuleiten, sondern von dessen ursprünglicher Bedeutung *„glätten, plastisch bearbeiten, gestalten"*. Recht überflüssig wäre das חליקה allerdings! also doch vielleicht aramäisch *„Antheil"* [ein חליקא kommt aber sonst nicht vor].‘

נבטו ושלמו] vgl. 4, 4 und 9, 3. Glücklicherweise hat Stephanus Byz. (aus Uranius) uns eine Notiz hinterlassen, welche alle gewünschte Auskunft ertheilt; er sagt: *Σαλάμιοι, ἔθνος Ἀράβιον. σάλαμα δὲ ἡ εἰρήνη. ὠνομάσθησαν δὲ ἀπὸ τοῦ ἔνσπονδοι γενέσθαι τοῖς Ναβαταίοις.* N: ‚So viel Namen es auch von √سلم gibt, so macht doch das *ἔνσπονδοι γενέσθαι τοῖς Ναβαταίοις* die Identität dieser *Σαλάμιοι* mit unseren שלמו sicher (die Namenserklärung braucht darum noch nicht richtig zu sein). Wir können uns hier eine enge Conföderation denken, ähnlich wie später die der قريش und أحابيش. Sollten vielleicht auch in den CAAIBOI, die Strabo 779 mit den Nabatäern zusammen als nächste

Nachbaren Syrien's genannt werden, diese CAΛAMIOI stecken? Auch die jüdischen Quellen haben den Namen der שלמי aufbewahrt. J. Halévy, Rev. des Ét. juives 1885 No. 19—20, p. 260 sagt mit Recht: „שלמו „Salaméens". Ces derniers s'identifient facilement avec les שלמאי que les Targumin font correspondre au nom hébraïque des Qénites קיני." In der Zeit, wo die Targûme entstanden, setzte man diesen bekannten Namen an die Stelle des unbekannt gewordenen קן, קיני, und so blieb er bei der definitiven Redaction der Targûme stehen, nachdem er auch schon längst verschollen war. (s. Gen. 15, 9. Num. 24, 21 f. Jud. 1, 16. 4, 11. 17. 5, 24. 1. Sam. 15, 6. 27, 10. 1. Chron. 2, 55.) Und in anderen alten Schriften, z. B. Ber. Rabbâ c. 44 gegen Ende, finden wir neben einander „Araber, Salamier und Nabatäer"; vgl. Neubaner, Géogr. du Talmud p. 427.'

No. 3 = D. 2

d. d. Monat Ṭêbêt Jahr 9 des Ḥâriṯat = 1 vor Chr.

1 דנה כפרא די עבדו כמכם ברת ואלת ברה הרמו?
2 וכליבת ברתה לנפשהם ולאחרהם בירח טבת שנת
3 תשע לחרתת מלך נבטו רחם עמה וילען דושרא
4 ומותבה ואלת מן עמנד ומנותו וקישה מן יזבן
5 כפרא דנה או מן יזבן או ירהן או ינתן יתה או ינפק
6 מנה גת או שלו או מן יקבר בה עיר כמכם וברתה
7 ואחרהם ומן די לא יעבד כדי עלא כתיב פאיתי עמה
8 לדושרא והבלו ולמנותו שמדין ל ולאפכלא קנם
9 סלעין אלף חרתי בלעד מן די ינפק בידה כתב מן יד
10 כמכם או כליבת ברתה בכפרא הו פקים דהא הו
11 והבאלהי בר עבדעבדת
12 עבד

Z. 1 „Diess ist die Grabhöhle, welche gemacht haben Kamkâm, die Tochter
2 der Wâ'ilat, Tochter des Ḥarâmu,
und Kulaibat ihre Tochter für sich selbst und ihre Nachkommen im Monate Ṭêbêt im Jahre
3 neun des Ḥâriṯat, Königs der Nabatäer, welcher sein Volk liebt. Und es möge verfluchen Dûšarâ

4 *und sein Thron (?) und die 'Allat von 'Amnâd (?) und Manôtu und Qaisâh denjenigen, welcher verkauft*

5 *diese Grabhöhle, oder der [sie] ankauft, oder verpfändet, oder sie verschenkt, oder herausschafft*

6 *aus derselben einen Leichnam oder ein Leichenglied, oder der darin begräbt [jemanden] anderes, als die Kamkâm und ihre Tochter*

7 *und deren Nachkommen; und wer zuwiderhandelt dem hier oben Geschriebenen, der lädt auf sich*

8 *von Dûšarâ und Hobalu und von Manôtu 5 Flüche, und hat doppelt zu bezahlen (?) eine Strafe von*

9 *tausend Selaʿ ḥâritischer Währung, ausgenommen wer in seiner Hand vorweist eine Urkunde von der Hand*

10 *der Kamkâm oder ihrer Tochter Kulaibat in selbiger Grabhöhle. Und so soll selbige [= diese] Satzung Bestand haben.*

11 *Wahb'allâhi, der Sohn des 'Abd'abodat*

12 *hat's gemacht.*"

Z. 1 כמכם—חרמו] N: ‚Kamkâm, gewiss = كَمْكَامْ *κάγκαμον*, das aus Südarabien kommende wohlriechende Harz, Dioskorides 1, 2, schon im Sabäischen כמכם siehe J. H. Mordtmann und D. H. Müller, Sabäische Denkmäler S. 83 f. Als Frauenname natürlich ohne Waw [s. die grammat. Noten am Schlusse]. Wir haben hier einen sicheren Fall von der Benennung nach der Mutter, aber darum wird der Stammbaum weiter auf den Grossvater gebildet; dessen Name etwa = حَرَامْ, das als Mannsname mehrfach vorkommt (wie حَرِيمْ, حُرَيْمْ und andere mehr von der Wurzel حرم).'

ואלה] N: ‚= وَائِلَةْ, als Frauen- und Männername vorkommend; s. Wüstenfeld s. v.; = *Ουαιλαθε* Frauenname Wadd. 2055; ואלה als Mannsname sinaïtisch s. Levy (ZDMG Band 14) XVI, 6. XXXIII.'

2 כליבת] N: ‚= *كُلَيْبَةْ, Femininum zu dem bekannten كُلَيْبٌ, Diminutivum zu كَلْبَةٌ Ibn Dor. 213, 17.'

3 ילען] Impf. wie 9, 8; sonst auch nach arabischem Sprachgebrauch Perfectum 4, 4. 2, 5: לען.

4 מותבה] möglich auch: מרחבה. N: „*Dûšarâ und sein Thron*"?? ملكه صاحب und auch ה.. + مرتب könnte zur Noth so was heissen.'

Ich glaube Halévy (Revue des études juives No. 17 p. 14) hat Unrecht מרחבה mit ח statt ת lesen zu wollen, und darin einen Gott מרחב zu erblicken. D. H. Müller (Oesterr. Monatsschrift f. d. Orient 1884 p. 279) liest ومرتبه „*und sein Vorgesetzter*" [der Gott wird aber doch keinen Vorgesetzten haben!] oder „*und sein Ordner*" (= Priester?); er vergleicht dazu aus den sabäischen Inschriften Halévy 171, 4 ל[ה]מרחב לדסמוי, wo es in der Bedeutungvon שימהו zu stehen scheine.

אלה] wie schon de Vog. nab. 6, 1 besonders p. 107 ff. und sonst auf aramäischen Inschriften, die bekannte اللات.

עמנד] Die Lesung ist nicht ganz sicher; statt נ kann vielleicht ל, und statt ד natürlich ר aber auch י gemeint sein; jedenfalls ist es Eigenname einer Oertlichkeit.

6 גת] N: ‚Die scharfsinnige Zusammenstellung Renan's mit جثّة „*Leiche*" wird bestätigt durch שלו = شِلْوٌ „*Fetzen*", speciell „*abgerissenes Glied einer Leiche*". Das Wort ist in der alten Poesie ziemlich häufig; also „*eine ganze Leiche oder ein Glied davon*".'

7 פאיתי] das ächt arabische ف, ebenso unten Z. 10 פקים, und an allen den späteren Stellen unbestreitbar. איתי ist nicht etwa Af'el von אתא „*kommen*", sondern איתי. Von der Richtigkeit dieser Auffassung bin ich nach Dr. Landauer's mündlicher Ausführung vollkommen überzeugt; פאיתי עמה „*so hat er bei sich, mit sich [als Verpflichtung]*"; ganz klar ist איתי in 9, 2. N: ‚Sehr auffallend ist das mehrfach in der Redensart vorkommende עִמֵּה oder עִמָּה, während עליהי 20, 11 durchaus in der Ordnung ist.'

8 והבלו] N: ‚Dass hier هُبَل *[der alt-arabische Gott Hobal]* gemeint sei, ist mir noch nicht sicher. Die Züge sind nicht über allen Zweifel erhaben, und das Fehlen des ל vor dem Namen befremdet; es ist doch vielleicht ein Beiname des „דושרא".' Vgl. das Nom. pr. בנהבל Benhobal in Pozz. 2, 5, das aber mit Nöldeke vielleicht eher als בְּנָה בֵל zu deuten ist.

שמרין] N: ‚muss zu איתי gehören. (Die Uebersetzung „*gardiens de ce lieu*" ist unstatthaft; שמר heisst im Aramäischen nicht „*hüten*", und dann müsste es doch mindestens שִׁמְרָיָא heissen!). שָׁמְרִין ist wahrscheinlich das ächt-aramäische Aequivalent von لعن. ܠܡܛ *„verfluchen“* Aphraates 297 pen., 298, 12; Lagarde Rel. 83, 17. Hier ist wohl die Form ܡܛܘܬܐ, die Castellus, vermuthlich nach Bar Bahlûl, aufführt; ich kann sie nicht belegen. *„So liegen auf ihm 5 (?) Flüche vom Gott ....“?*‘

5] Dieses Zeichen hinter שמרין kann ich nur als Zahlzeichen *„fünf“* ansehen. Dass es nicht etwa = 10 sein kann, geht aus 7, 5 und 15, 8 hervor.

ולאפכלא] N: ‚Man denkt hiebei an einen Infinitivus Af'el לְאַפְכָּלָא. Die Bedeutung müsste sein *„und zu bezahlen“;* aber das Aramäische kennt kein פכל, und arabisches فكل ist etwas Anderes. Lässt sich lesen ולאכפלא *„und zu verdoppeln“?*‘ Ich kann darauf nur sagen ולאפכלא ist so deutlich wie nur denkbar, und das erwünschte ולאכפלא könnte nur als Schreibfehler, indem כ und פ ihre Stellen vertauschten, wiederhergestellt werden. Einige sichere Schreibfehler können wir übrigens in diesen Inschriften constatiren, s. oben Einl. S. 4, Anm. 1. Das Substantivum כפל findet sich 20, 7.

קנס] N: ‚*„mulcta“* in jüdischen Schriften (auch das Verbum) klingt nur zufällig mit census *κῆνσος* zusammen. Die Bedeutung *„Geldstrafe“* ist nicht dieselbe wie von *„census“*, und ein solches lateinisches Wort so früh in Arabien zu finden, zumal in einer hieratischen Redensart, ist nicht wohl denkbar.‘

9 סלע] N: ‚*„Stein“* im Jüdischen weit üblicher als מתקלא, im Syrischen selten ܣܠܥܐ, entspricht dem hebräischen שקל, griechischem *στατήρ*.‘

חרתי] sehr gut N: ‚חָרְתִי *„ḥâritisch“* d. h. nach dem von Ḥâriṯat normirten Gewicht. Von حرثة bildet sich حرثى, ganz wie von حرث. Das Adjectivum steht adverbialiter, unflectirt. Da das ן des Plurals sonst immer steht, so ist an einen Pluralis [חרתין oder חרתי] nicht wohl zu denken.‘

10 בכפרא הו] kann ich nur als verkürzten Relativsatz zu den zwei Personen Kamkâm und Kulaibat beziehen. Ueber das הו statt דנה siehe am Schlusse Note 10.

11 ותבאלהי] auch Doughty Pl. VIII fol. 12, 3. وهب الله s. Wüstenfeld. Das Jod ist Genitivzeichen, s. Note 3.

עבדעבדת] N: ‚sicher nicht mit einem Gottes-, sondern mit einem Königsnamen zusammengesetzt. (Ich sehe, dass auch Berger eine solche Ansicht hat:

er irrt aber gewiss darin, wenn er aus solchen Namen auf Sclavenstand des Trägers schliesst.) Es ist „*Knecht des [Königs] 'Obodas*“ עבדת ist = عُبُدَّة, eine vom Tâǵ-el-ʿarûs angeführte Nebenform des (in sicheren Fällen allerdings nur als Weibername bekannten) عُبْدَة. (Für *'Οβόδας*, gegen *'Οβέδας*, scheint die handschriftliche Ueberlieferung zu sprechen.[1]) So haben wir עבדמלכו in der nabatäischen Inschrift von Umm-arrasâs (ZDMG 25, 429. Journal as. 1873, I, 314) und der von Ḍmêr (ZDMG 38, 535) und עבדחרתת 5, 5, und in der sinaitischen Inschrift (Levy in ZDMG Bd. 14 No. XV^A und XV^B), wo ich lese שלם עבדחרתת הפרכא וגרמו; auch arabisch عَبْدُ حَارِثَةَ s. Wüstenfeld, Register. Also mit drei nabatäischen Königsnamen![2]) Vgl. عبدُ عَمْرٍو (passim), عبد جِنْدٍ Wüstenfeld; Ḥamâsa 290, 12; عبدُ يَزِيدَ Wüstenfeld; عبد المُنْذِر Ibn Hišâm 546, 11 etc.; عبد شُرَحْبِيل Ibn Doreid 98, 7 u. s. w.; عَبْدُ الأَسْوَد Aghânî 11, 124, 19. Es ist gewiss kein Zufall, dass alle die hier im Genitiv nach عبد stehnden Namen bei Personen aus den fürstlichen Familien der Lachm (von Ḥîra) und der Kinda vorkommen. Möglicherweise liegt der Ursprung solcher Namen wenigstens zum Theile in einer Vergötterung der Könige nach ihrem Tode, wovon uns Uranius bei Steph. Byz. s. v. *Ὄβοδα* ein Beispiel gibt.

No. 4 = H. 30

d. d. Monat Šebâṭ Jahr 13 des Ḥâriṯat = 4 nach Chr.

1 דנה כפרא ובססא ובינא (?) די עבד חישבו בר
2 נפיו בר אלביף תימניא לנפשה וילדה והבו אמה
3 ורופי ואפתיו אחותה וילדהם חרם כהליקת חרם
4 נבטי ושלמו לעלם ולען דושרא כל מן די יקבר בכפרא דנה
5 עיר מן די עלא כתיב או יזבן או ימשכן או
6 יוגר או יהב או יאנא ומן יעבר כעיר מה די עלא

---

[1]) Die Form *'Οβόδας* ist gesichert durch Steph. Byz. s. v. *Ὄβοδα* (wo aus dem ionisch schreibenden Uranius noch mit ionischer Endung *'Οβόδης*) und s. v. *Αὐαρά*. Ebenso hat sie bei Strabo 781 f. die weitere überwiegende Autorität für sich. Bei Josephus dagegen schwanken nach einer gütigen Mittheilung von Prof. Niese die Handschriften zwischen *'Οβέδας*, *'Οβάδας* u. s. w.

[2]) Ganz dieselbe Auffassung dieser Namen hat Clermont-Ganneau in seinem Aufsatz: „Les noms propres nabatéens pseudo-théophores“ Revue critique 1885, I, 176 f.

7 כתיב פאיתי עמה לדושרא אלהא בחרמא די עלא (?)
8 לדמי מגמר סלעין אלף חרתי ולמראנא חרתת מלכא כות
9 בירח שבט שנת עשר ותלת לחרתת מלך נבטו רחם
10 עמה

Z. 1 *„Diess ist die Grabhöhle und die Basis und das Fundament (?) welches gemacht hat Ḥanšabu, der Sohn des*
2 *Nafju (?), Sohnes des Êlkûf aus Teimâ für sich selbst und seine Kinder und Ḥubbu seine Mutter,*
3 *und Rûfu und Aftiju (?) seine Schwestern und deren Kinder als ein unverletzliches [Heiligthum] gleich der Beschaffenheit des Heiligthums*
4 *der Nabatäer und Salamier in Ewigkeit. Und es möge verfluchen Dûšarâ jedweden, der begräbt in dieser Grabhöhle*
5 *einen anderen, als die, wovon oben geschrieben ist, oder sie verkauft, oder ankauft, oder verpfändet, oder*
6 *vermiethet, oder verschenkt, oder zeitweilig verleiht; und wer handelt anders als oben*
7 *geschrieben ist, der lädt auf sich für Dûšarâ den Gott im oberen Heiligthum (?)*
8 *zu einem vollständigen Werthansatze, tausend Selaʿ ḥâritischer Währung und für unseren Herren Ḥâritat den König eben soviel.*
9 *Im Monat Šebâṭ im Jahre dreizehn des Ḥâritat, Königs der Nabatäer, welcher sein Volk*
10 *liebt.“*

Z. 1 בססא] N: ‚ܒܣܣ, (ܒܣܝܣ, ܒܐܣܝܣ) בסים ist in christlichen und jüdischen Werken nicht selten; aber passt es hier? Ist es das Wort, so beweist es, dass man in ältester Zeit den Stat. emphat. noch regelrecht immer auch bei griechischen Wörtern anbrachte. Beziehen sich die beiden unsichern Wörter vielleicht auf die Architectur des Frontispiz? Da könnte βάσις ja am Ende Recht sein.'

כונא] Die Lesung von Waw und Nun ist nicht absolut sicher, da mein Abklatsch an dieser Stelle etwas versagt hat. Jedenfalls ist der unmittelbar auf כ folgende Buchstabe kein נ. Ich vermuthe ein Wort wie כְּוָנָא, כִּוְנָא oder etwas ähnliches, das Grundlage, Unterstock oder dgl. bedeuten muss. N: ‚Man denkt immer wieder an בננא Palmyr. de Vog. 11, wenn man nur wüsste, was das heisst!' Diese Aramäer haben mit den griechischen Baumeistern und Künstlern auch deren Kunstausdrücke übernommen, so θέατρον = תיטרא Siah 2ᶜ (de Vog.) bei Schröder ZDMG 38, 532, und das bis jetzt verkannte Wort „basilica" בסלקא (so statt בסלמא zu lesen in palm. 11 vgl. Mordtm. p. 17).

חושבו] N: ,خَوْشَبٌ Ham. 153, 16. Ibn Dor. 307, 18 ff.'

2 נפיו] oder כפיו? beides nicht sicher; auch ohne einen entsprechenden Eigennamen im Arabischen.

אלכיף] Buchstaben sicher; aber was soll das für ein Name sein?

תימניא] ein Mann aus Teimâ. N: ,Die Form ist gebildet von תימא, wie صَنْعَانِى von صَنْعَاء, بَهْرَانِى von بَهْرَاء u. a. m. Möglicherweise, aber nicht so wahrscheinlich, auch von einem תימן = تَيْمَن. Vgl. Plinius 6, § 157: Nabataeis Thimaneos [Var: Timaneos etc.] junxerunt veteres. Fem. Plur. s. 8, 2.'

חבו] N: ,wäre * جُبٌّ; ich kann den Namen nicht nachweisen, so zahlreich auch die Namen von √ جبب sind.'

3 רופו] N: ,ich finde keinen Namen von روف, رأف, دوف, ذوف etc. Am ersten wird man es nehmen als * رَوُوفٌ = رَأْفَةٌ „*misericordia*".'

אפתיו] N: ,gesichert durch 24, 3. Die Form ist sehr seltsam, namentlich für einen Frauennamen. Nichts ähnliches zu finden.'

חרם] siehe oben 2, 8. 9.

5 ימשכן] ist das syrische ܡܫܟܢ „*verpfänden*" von ܡܫܟܢܐ „*Pfand*"; dafür sonst auch das arabische رهن.

יהב] N: ,etwa יְהַב; diess Verbum bildet sonst kein Imperfectum.'

6 יאנא] N: ,wohl Verbum zu إِنًى, أَنًى „*Zeit*": „*auf Zeit verleiht*".'

8 דמי] N: ,ist Singularis, wie מְגַמַּר [oder מְגַמֵּר] zeigt, „*zu einem vollständigen Werthansatze*". Das Aramäische gebraucht sonst in der Bedeutung „*Preis*" wohl nur den Pluralis, syr. ܕ݁ܡܰܝ̈ܐ (Singularis ܕ݁ܘܡܝܐ; „*Aehnlichkeit*", wovon natürlich im Syrischen kein Status absolutus mehr gebildet werden kann). Wir hätten hier etwa zu sprechen דְּמֵי'; vgl. 20, 7. 8: כפל דמי אתרא דנה כלה „*das Doppelte des ortsüblichen Preises, vollständig*".

קְרָאנָא] N: ,(oder vielmehr קְרָאנָא) ist die ursprüngliche Form mit Aleph, wie noch Dan. 4, 16. 21 im Kethibh und מראי, מראה auf dem aramäischen Papyros von Turin und Pap. Blacas A.'

כית] N: „„ebenso" demonstrativisch; so palmyrenisch de Vog. 15: מְטַל כְּנַת; christlich-palästinensisch: כן וכות „also" ZDMG 22, 485, vgl. syrisch ܟܘܬ.'

No. 5 = H. 34

d. d. Monat Nîsân Jahr 17 des Ḥâriṭat = 8 nach Chr.

1 דנה כפרא די עבד מלכיון פתורא
2 על חנינו הפסתיון כל ברכא אבוהי
3 ולנפשה ולדה ואחרה אצדק באצדק בירח ניסן
4 שנת עשר ושבע למראנא חרתת מלך
5 נבטו רחם עמה עבדחרתת פסלא
6 בר עבדעבדת עבד

Z. 1 *„Diess ist die Grabhöhle, welche gemacht hat Malkiôn P-t-r-'*
2 *über dem Ḥunainu Hephästiôn — aller Segen! — seinem Vater,*
3 *und für sich selbst, und seine Kinder, und deren Nachkommen, Berechtigten um Berechtigten. Im Monate Nîsân*
4 *im Jahre siebenzehn unseres Herren Ḥâriṭat, des Königs*
5 *der Nabatäer, welcher sein Volk liebt. 'Abdḥâriṭat der Steinmetz,*
6 *der Sohn des 'Abd'obodat hat's gemacht."*

Z. 1 מלכיון] N: ‚= *Μαλχίων* Wadd. 1910. 2557ª. (So ein Syrer *Μαλχίων* bei Lucian, quomodo hist. c. 28.)'

פתורא] N: ‚Da der Vater einen Doppelnamen, arabisch und griechisch, hat, mag's auch der Sohn haben; da gilt מלכיון, obwohl gräcisirt, vielleicht als arabisch. Ist פתורא ägyptisch? [פְּתוֹרָא „*interpres*" geht nicht, da פתר specifisch hebräisch.] *Τραπεζίτης* wie D. H. Müller (Anzeiger der W. Akad. 17. Dec. 1884) will, wäre פתירא; auch gehört ein صرّاف „*Wechsler*" (kein Banquier!) nicht in diese vornehme und reiche Gesellschaft.'

2 חנינו] N: ‚حُنَيْنٌ *'Ονaῖνος, 'Oνεῖνος* Wadd. 2084 etc.'

על] wie auch 15, 2, im Gegensatz zu ל, soll wahrscheinlich ausdrücken, dass hier das Grab über bereits Verstorbenen errichtet wurde, während das ל nur die Bestimmung ausdrückt, dass die im Folgenden genannten, noch am Leben befindlichen Personen, und deren Nachkommen, begräbnissberechtigt seien.

כל ברכא] N: ‚ist ein kurzer eingeschobener Segensspruch, oder vielmehr das Rudiment eines solchen.‘

3 אצדק באצדק] Sicherlich eine juridische Formel; vgl. 10, 6. 11, 2. 12, 3. 13, 6. 15, 7. 22, 2. 3. Die Feststellung des Begriffs muss sich aus den verschiedenen Stellen ergeben, in welchen die Formel gebraucht wird. Wir treffen es mit anderen Substantiven durch ו coordinirt in 9, 3: כל אנוש אצדק וירת „*Jedweder aṣdaq und Erbe*“; 17, 2: לילדהם ויאצדקהם „*ihren Kindern und deren aṣdaq*“; 23, 1. 2: ואחרה ואצדקה „*und deren Nachkommen, und deren aṣdaq*“. Hienach könnte es scheinen, dass es eine Kategorie von Berechtigten bezeichne, welche neben Kindern, Nachkommen, Erben, Ansprüche hätte. Allein es kommt auch freistehend vor (ohne Verbindung mit anderen Subst.); 27, 7. 8: „*NN. der Sohn des Reqîb'êl des Strategen* ואצדקה *und sein aṣdaq*“; in 26, 4: „*wer aber anders handelt, dessen Antheil soll zurückfallen an seinen aṣdaq* לאצדקה“. In der vorliegenden Stelle aber und 9, 2 ist אצדק באצדק (ohne vorausgehendes ו) *den Kindern und deren Nachkommen* weder coordinirt noch entgegengesetzt, sondern bildet einen erläuternden Zusatz, eine Ordnungsbestimmung; gemeint muss sein: „*in der Reihenfolge ihrer Ansprüche*“; 22, 2. 3: *NN. hat diess Grab gemacht für sich, seine Kinder und seine Frau* די יתקברון בה אצדק באצדק „*dass sie darin begraben werden in der Reihenfolge ihrer Berechtigung*“; also auch 26, 4: *sein Antheil fällt zurück an seinen „Nächstberechtigten“*. Von der Frage der legitimen Abstammung kann hier keine Rede sein. Die Form ist ein Elativus أَصْدَق. N: ‚Im Arabischen würde allerdings die Wurzel صدق in solchem Sinne nicht gebraucht; da stünde etwa W. حق.‘ Das ב ist distributiv wie in יום ביום, פעם בפעם u. dgl. N: ‚Beachte noch, dass Bar Bahlûl und Barhebraeus (Gramm. II, 92 v. 1093) ܙܕܝܩܐ als „*Verwandte*“ erklären (s. Payne-Smith col. 1085). So wird es gebraucht im jüngeren Kalila und Dimna (Wright) 244, 13. 400 ult. Aus der älteren Litteratur mir nicht bekannt. Ich bezweifle fast, dass es ursprünglich genau „*Verwandte*“ bedeutet.‘

5 פסלא] פִּסְלָא oder פַּסָּלָא = فَصَّالٌ.

No. 6 = D. 18

d. d. Jahr 24 des Ḥâriṯat = 15 nach Chr.

1 דנה כפרא ואונא די
2 עבד מנעת בר אביץ לנפש[ה]
3 ובנוהי פבנתה וילדהם בשנת
4 עשרין וארבע לחרתת מלך
5 נבטו רחם עמה

Z. 1 *„Diess ist die Grabhöhle und die Herberge, welche*
2 *gemacht hat Mun'at, der Sohn des Abjaḍ (?) für sich selbst*
3 *und seine Söhne und seine Töchter und deren Kinder. Im Jahre*
4 *vierundzwanzig des Ḥâriṯat, Königs*
5 *der Nabatäer, welcher sein Volk liebt.“*

Z. 1 אונא] N: ‚kann nicht für ארונא stehen, wie Renan wollte; (bei de Vog. pag. 103 steht die Inschrift am Sarkophag (ארונא) selbst!!) denn die Inschrift draussen kann doch nicht sagen: *„diess ist die Höhle und der Sarg“*. אֲוָנָא أَوَانٌ *„Haltestelle, Herberge“* ist sehr gewöhnlich. In dem Ausdrucke steckt ein, in den Inschriften sonst nicht üblicher Anflug von Poesie.‘

2 מנעת] N: ‚مَنْعَةُ s. Wüstenfeld (Ibn Qot. 31, 17), vielleicht richtiger مُنْعَةُ vgl. *Μόναϑος* Wadd. 2429.‘

אביץ oder אבין] * أُبَيْنُ wäre denkbar; wiewohl ich fast mehr dazu neige, am Schlusse ein Ṣade finale zu erkennen. Der senkrechte Schaft hat nämlich nach oben rechts noch eine Ausladung, die mir ursprünglich zu sein scheint; dann N. pr. ابيض wie in Ḥamâsa 230, 12.

No. 7 = D. 5

d. d. 26. Âb Jahr 25 des Ḥâriṯat = 16 nach Chr.

1 דנה כפרא די עבד תימאלהי בר
2 חמלת לנפשה ויהב כפרא דנה לאמה
3 אנתתה ברת גלהמו מן ומן שמר

4 מוהבתא די בידה די תעבר בה כל די תצבא
5 מן 158 באב שנת 58 לחרתת מלך נבטו
6 רחם עמה

Z. 1 *„Diess ist die Grabhöhle, welche gemacht hat Taim'allâhi der Sohn*
2 *des Ḥamlat für sich selbst, und hat dann geschenkt diese Grabhöhle der Amah*
3 *seiner Frau, der Tochter des Gulhumu, von dem Datum der Urkunde*
4 *der Schenkung ab, die sich in ihrer Hand befindet, wonach sie damit thun kann alles, was sie will,*
5 *nämlich vom 26. im Âb im Jahre 25 des Ḥâriṭat, Königs der Nabatäer,*
6 *welcher sein Volk liebt.“*

Wahrscheinlich hat Taim'allâhi im Verlaufe des Baues einen Antheil an einem anderen Familiengrab (seines Vaters oder Bruders) erhalten.

Z. 1 תימאלהי] ist تَيْمُ اللّٰه (oft) „*Knecht Gottes*“ = *Θεμάλλου* (Genitiv) Wadd. 2020.

2 חמלת] N: ‚ist hier wohl Mannsname حَمْلَةُ [in einer anderen Quelle finde ich خَمَلَةُ] Mannsname bei Wüstenfeld, oder جِمْلَةُ Mannsname, vgl. حَمَلُ (öfter). [*Αμελαθος* Wadd. 2393, 2416 ist wohl * حملة, kann auch عملة sein.]‘

אמה] deutlich mit He (nicht אמת wie 28, 1).

שטר] auch 24, 5.

3 גלהמו] N: ‚vgl. das Femininum جُلَيْمَةُ (Stammesname).‘

5 Ausser in der Inschrift No. 22 findet sich sonst keine so genaue Datirung bis auf den Tag des Monats hinaus.

Dass das Zeichen 5 = 5 (und nicht etwa 10) ist, geht mit Sicherheit aus dem Tagesdatum hervor, wo nur der 20 + 5 + 1 d. h. 26te Âb möglich ist. Die Nabatäer dürften nur Mondmonate gehabt haben, wodurch ein (20 + 10 + 1) 31ter Âb ausgeschlossen ist. Auch in 15, 8 bekämen wir sonst ein 50tes Regierungsjahr des Königs Ḥâriṭat, während überhaupt nur 48 bekannt sind.

No. 8 = D. 13

d. d. Monat Ijjâr Jahr 33 (?) des Ḥâriṭat = 24 nach Chr.

1 דנה כפרא די עבדו ושות ברת׳ בגרת
2 וקינו ונשלמה בנתה תימניתא להם ול??
3 כלה ולעמיהם עשפאנת אחותהם בנת
4 ושתר ······· כלה די יתקברון וויש ··· פק דנה
5 די עלא בגרת מן כלה בכפרא דנה פקים על
6 ושית ובנתה אלה בגרת ······ די בפרא ··· תא ··
7 ······· אין ···
8
9 פאיתי עמה לאלהי סלעין מאה חרתי
10 ולמראנא חרתת מלכא בות בירח איר שנת
11 8ר–III לחרתת מלך [נבטו] רחם עמה

Z. 1 *„Diess ist die Grabhöhle, welche gemacht haben W-š-w-t (?) die Tochter des Bagrat*
2 *und Qainu und .... ihre Töchter aus Teimâ für sich und für ....*
3 *.......... und deren Schwestern, die Töchter*
4 *...... dass sie begraben werden ....*
5 *.......... in dieser Grabhöhle; so verbleibt auf*
6 *dieser W-š-w-t und ihren Töchtern ...*
7
8 *........................*
9 *so lädt er auf sich für meinen Gott (?) hundert Sela' ḥâriṭischer Währung,*
10 *und für unseren Herren Ḥâriṭat den König ebensoviel. Im Monate Ijjâr im Jahre*
11 *33 (?) des Ḥâriṭat, Königs [der Nabatäer], welcher sein Volk liebt.“*

Die Inschrift ist schlecht erhalten; die Steinfläche nur grob gehauen gibt ein sehr zernagtes und lückenhaftes Bild. Es wird daher die Lesung stets unvollkommen bleiben.

Z. 1 ושיה] unsicher; N. pr. fem. zu وشى gehörig? oder steht ושיה da? dann wäre es wohl gleich dem Namen in der ersten Zeile der 9. Inschrift bei Doughty, welche mir bei der Aufnahme entgangen ist. Dort ist vielleicht abzutheilen ··· די עבדת ושית ברת ··· Dazu wäre mit N. zu vergleichen der Name des Stammes وَاشِج Ibn Dor. 300, 3 v. u.

בגרת] auch in der nabat. Inschrift von Ḍmêr ZDMG 38, 535, II^c. N: Βάγρατος Wadd. 2562bis = C. I. G. 4518 sq. Der Qâmûs führt als Mannsnamen auf بُجْرَة, بُجَرَة. (Für بُجْرَة wird auch بَجْرَة tradirt.) Ferner vgl. أَبْجَر Ἄβγαρος und das häufige بُجَيْر. Wenn aber בגדת zu lesen, vgl. بِجَد Mannsname Ḥamâsa 643, 12. Ibn Dor. 207, 4 etc. بُجَيْد Qâmûs.‘

2 ויקמו] N: قَيْن, mehrfach als Stammesname; sicher als Individualname Ḥam. 221, 9. Das kann zur Noth auch Frauenname sein. Der folgende Name ist zu unsicher.‘

תימניתא] Pluralis „*Frauen aus Teimâ*“ vgl. 4, 2.

9 Die Strafe 100 Selaʿ ist hier auffallend niedrig angesetzt, nur der zehnte Theil des üblichen (9, 7 sogar zweimal 3000 Selaʿ). Die Uebertretung ist vielleicht auf dem Fusse gefolgt und durch eine auf der alten eingesetzte neue Tafel sanctionirt worden. Vielleicht hat aber auch die neue Tafel nur eine Verschärfung der Bestimmungen enthalten. Ich halte nämlich die Löcher hier und sonst (8. 11. 12. 22) auf den vertieften Inschriftenfeldern — ebenso auch die auf der Lazarewischen bilinguis von Palmyra — für alt, aber doch später gemacht, um durch einzulassende Zapfen eine neue Stein- oder Bronzetafel über der ungültig zu machenden alten Inschrift anbringen zu können. Die verschiedenen heut zu Tage ganz leeren Inschriftenfelder an Monumenten zu el-Ḥegr trugen wohl ehemals um so schönere Stein- oder Bronzetafeln, welche in den Rahmen eingepasst waren.

11 Die Zahlzeichen 33 sind nicht absolut sicher, doch immer noch am wahrscheinlichsten.

No. 9 = H. 28

d. d. Monat Ijjâr Jahr 35 des Ḥâriṯat = 26 nach Chr.

1 דנה קברא די עבד כהלן אסיא בר ואלן לנפשה וילדה ואחרה
2 אצרק באצדק עד עלם ואיתי קברא דנה חרם כחליקת הרמא די
3 מחרם לדושרא בנבטו ושלמו על כל אנוש אצרק וירת די לא
4 יזבן קברא דנה ולא ימשכן ולא יוגר ולא ישאל ולא יכתב
5 בקברא דנה כתב כלה עד עלם וכל אנוש די ינפק בידה כתב מן כהלן
6 פקים הו כדי בה וכל אנוש די יכתב בקברא דנה כתב מן כל די עלא
7 פאיתי עמה לדושרא כסף סלעין אלפין תלתה חרתי ולמראנא
8 חרתת מלכא כות ולען דושרא ומנותו כל מן די יעיר מן כל
9 די עלא בירח איר שנת תלתין וחמש לחרתת מלך נבטו רחם עמה
10 אפתח בר עבדעבדת והלפאלהי בר חמלגו פסליא עבדו

Z. 1 *„Diess ist das Grab, welches gemacht hat Kahlân, der Arzt, der Sohn des Wa'lân für sich selbst und seine Kinder und deren Nachkommen,*

2 *Berechtigten um Berechtigten, für ewige Zeiten. Und es ist dieses Grab ein unverletzliches Heiligthum, gleich der Beschaffenheit des Heiligthums, welches*

3 *als unverletzlich geheiligt ist dem Dûšarâ unter den Nabatäern und Salamiern. Einem jeden Berechtigten und Erben ist auferlegt, dass er nicht*

4 *verkaufen darf dieses Grab, und nicht verpfänden, und nicht vermiethen und nicht verleihen, und nicht aufsetzen*

5 *über dieses Grab irgend eine schriftliche Urkunde in ewige Zeiten. Und Jedermann, der vorweist in seiner Hand ein Schreiben von Kahlân,*

6 *so bleibt es, wie es drin steht. Und Jedermann, der über diess Grab irgend etwas Schriftliches aufsetzt von der Art alles dessen, was oben [verzeichnet ist],*

7 *der lädt auf sich für den Dûšarâ dreitausend Sela' ḥâriṯischer Währung und für unseren Herrn*

8 *Ḥâriṯat den König ebensoviel; und es möge verfluchen Dûšarâ und Manôtu jedweden, der abändert von der Art alles dessen.*

9 *was oben [verzeichnet ist]. Im Monate Ijjâr im Jahre fünfunddreissig des Ḥâriṭat, Königs der Nabatäer, welcher sein Volk liebt.*

10 *Aftakh der Sohn des 'Abd'abodat und Khalaf'allâhi der Sohn des Ḥimlâgu (?) die Steinmetzen haben's gemacht."*

Z. 1 ואלן] = وَأْلَان (mehrfach).
כהלן] كُهَيْلَان.

3 חרם] s. zu 2, 8.
שלמו] s. zu 2, 9.

כתב ב] N: ‚bedeutet hier und sonst *„einen schriftlichen Contract machen über“: „und nicht soll er über die Benutzung dieses Grabes irgend etwas Schriftliches aufsetzen“.*‘

4 ישאל] Af'el im Aram., wie hebräisch הִשְׁאִיל *„leihen“*.

6 מן כל די] N: ‚*„von der Art* (arabisches مِنَ ٱلْبَيَان) *alles dessen, was oben verzeichnet“* (nämlich Kauf, Miethe u. s. w.) also מן כל nicht *„autre que . . .“*.‘

8 יעיר] يُغَيِّر.

10 אפתח] N: ‚wohl أَفْتَخُ, das eine gewisse Schlaffheit der Finger bedeutet. Jâqût 3, 850; Ibn Dor. 31 unten. Von solchen Körperschäden sind viele Namen genommen.‘

חלפאלהי] N: ‚*„Ersatz* (für ein Verlorenes, wie *Ἀντίγονος* und zahlreiche Namen in verschiedenen Sprachen) *von Seiten Allâhs“* (خَلَفُ ٱللّٰه). Das abgekürzte خَلَف (חלפו 12, 1) ist ein häufiger Name.‘

חמלגו] N: ‚Es lässt sich wohl denken, dass von حَمْلَجَ *„festmachen, festdrehen“* einen Strick (belegt bei Ǵauharî, vgl. ferner Diw. Hudail. 273, 7. 275, 18; Jâqût 4, 311, 11; حِمْلَاج ist nach Ǵauharî der *„Blasebalg des Goldschmieds“*) ein Eigenname gebildet werden konnte.‘

6*

No. 10 = H. 31

d. d. Monat Nisân Jahr 36 des Ḥâriṭat = 27 nach Chr.

1 דנה קברא די עבד ארוס בר פרון לנפשה ולפרון אבוהי
2 הפרכא ולקבה אנתתה ולחטבת וחמלה בנתהם וילד חטבת
3 וחמלה אלה וכל מן די ינפק בידה תקף מן ארוס דנה או
4 חטבת וחמלת אחתה בנת פרון הפרכא
5 די יתקבר בקברא דנה או יקבר מן די יצבא
6 בתקפא די בידה כדי בכתבא הו או אצדק באצדק
7 בית ניסן שנת תלתין ושת להרתת מלך נבטו רחם עמה
8 אפתח בר עבדעבדת ווהבו בר אפצא וחורו בר אחיו פסליא
9 עבד

Z. *1* *„Diess ist das Grab, welches gemacht hat 'Arwas (?) der Sohn des Farwân für sich selbst und für Farwân seinen Vater,*
2 *den Hyparchen, und für die . . . dessen Frau, und für die Ḥâṭibat und Ḥâmilat deren Töchter, und die Kinder dieser [beiden] Ḥâṭibat*
3 *und Ḥâmilat, und jedweden, der vorweist in seiner Hand eine Bestätigung von Seiten dieses 'Arwas oder [von Seiten der]*
4 *Ḥâṭibat und Ḥâmilat seiner Schwestern, der Töchter des Farwân des Hyparchen,*
5 *dass er [selbst] begraben werden könne in diesem Grab, oder begraben dürfe, wen er Lust hat,*
6 *vermöge der Bestätigung die er in Händen hat, entsprechend selbiger Urkunde, oder [überhaupt] Berechtigten um Berechtigten.*
7 *Im Monate Nisân im Jahre sechsunddreissig des Ḥâriṭat, Königs der Nabatäer, welcher sein Volk liebt.*
8 *Aftakh der Sohn des 'Abd'abodat, und Wahbu der Sohn des Afṣâ. und Ḥâru der Sohn des Uḥajju die Steinmetzen*
9 *haben's gemacht.“*

Z. 1 ארוס] N: ‚Das ס deutet auf einen griechischen Namen; oder ägyptisch?‘
פרון] N: ‚= فروان Ibn Dor. 128 paen. Dass die Endung *ân* ist, wird

durch das Fehlen des ו beglaubigt, entsprechend dem Fehlen des Tanwîn bei arabischem *ân* ـَان.‘

2 הפרכא] *ὕπαρχος* auch 10, 2. 16, 2. N: ‚Die ganz feststehende Schreibart הפרכא in einer Zeit, in welcher der spiritus asper noch nicht für die Aussprache geschwunden sein kann, weist darauf hin, dass hier *ὕπαρχος*, nicht *ἔπαρχος* ist.‘

קבה] sehr ungewiss; N: ‚sie ist Frau des Farwân, Stiefmutter des ארום und Mutter der zwei Damen, also

פרון — קבה (?)
ארום ‘ — הטבה, חמלת

חטבה] N: ‚kann sein حطبة, vgl. حاطب, حطّاب; doch vgl. auch الخطّاب; alles Mannsnamen, siehe z. B. Wüstenfeld.‘

3 חמלת] wohl * حملة Femin.; vergleiche übrigens 7, 2: Mascul.

אלה] In 8, 6 zweifelhaft, hier ganz deutlich, muss Pluralis des Demonstrativums דנה, femin. דא, sein, wie in dem aramäischen Vers Jeremia 10, 11 שְׁמַיָּא אֵלֶּה. Ob die masorethische Punctation richtig ist, lasse ich dahingestellt.

4 אחתה] muss Schreibfehler sein für den Pluralis אחותה.

7 ביה] Schreibfehler für בירח; ebenso 15, 8.

8 אפתח] siehe zu 9, 10.

ותבו] وثب.

אפצא] auch 24, 8. N: ‚= أفصى Ibn Doreid 196 etc.‘; auch in den Felsinschriften von el-'Öla; s. D. H. Müller (Anzeiger der Wiener Ak., phil.-hist. Cl. vom 17. Dec. 1884 No. XXVIII).

חורו] vgl. 14, 5. N: ‚= حُوَر Ibn Dor. 228, 5, חורו de Vog. nab. 10, hebr. חור *Οὔρος* Wetzstein 160 (*Ἀνοῦνος Οὔρου Πετραῖος*) Wadd. 2270. 2402. 2514. [Wadd. 2162ª ist Wetzstein 160 (ohne neue Collation); der Umstand, dass jener *Οὔρος* seinen Sohn in Petra bekommen, also wohl ein Peträer war, verdient hier wohl erwähnt zu werden].‘

אחיו] N: ‚ist wohl أُخَيٌّ „*Brüderchen*“, Gegenstück zu بُنَيَّة 13, 2.‘

No. 11 = D. 4

d. d. Monat Nîsân Jahr 36 (?) des Ḥâriṭat = 27 nach Chr.

1 דנה כפרא די עבד שלי בר רציא
2 לנפשה וילדה ואחרה אצדק באצדק
3 ודי לא יתקבר בכפרא דנה להן אצדק
4 באצדק ודי לא יתזבן ולא יתרהן כפרא
5 דנה ומן די יעבד כעיר די עלא פאיתי
6 עמה לדושרא אלה מראנא [כסף סלעין] אלף
7 חרתי בירח ניסן בשנת [36?]
8 לחרתת מלך נבטו רחם עמה אפתח
9 פסלא עבד

Z. 1 „Diess ist die Grabhöhle, welche gemacht hat Šullâj der Sohn des Raḍwâ
2 für sich selbst und seine Kinder und deren Nachkommen, Berechtigten um Berechtigten,
3 und dass Niemand soll begraben werden in dieser Grabhöhle ausser in der Reihenfolge
4 seiner Berechtigung; und dass nicht soll verkauft werden können und nicht verpfändet werden diese
5 Grabhöhle; und wer handelt anders, als hier oben [verzeichnet ist], der lädt
6 auf sich für den Dûšarâ den Gott unseres Herren 1000 [Selaʿ an Geld]
7 ḥâriṭischer Währung. Im Monate Nisân im Jahre [36?]
8 des Ḥâriṭat, Königs der Nabatäer, welcher sein Volk liebt. Aftakh,
9 der Steinmetz hat's gemacht.“

Z. 1 שלי] auch 24, 4 und Doughty Pl. IX fol. 15, 4. N: ‚Ausser مُسْلِيَةُ finde ich von سلى keine Personennamen, keine von شلى. Sehr auffallend das Fehlen des י. Nicht *„sans doute“* = Συλλαῖος (Strabo VI, 4. 23 Berger No. 32). Doch könnte das sein, wenn wir es = سُلَّى oder شُلَّى setzen, als eine Form فُعْلَى: dann wäre sowohl das durch die Ueberlieferung feststehende Doppel-L, als auch das Fehlen des י erklärt. (Von سلّ ist ein (weiblicher) Eigenname سَلُولُ;

von شلّ: شُلَيْل). Ich finde aber keine Mannsnamen فُعْلَى, dagegen Frauennamen wie سُلْمَى, vgl. am Schlusse Note 1.'

רצוא] N: ‚Ist es = رَضْوَا, so kann man es zu den wenigen Mannsnamen der Form فَعْلَا (Femin. von أَفْعَل) stellen: أَسْمَا Ham. 670 unten; mehrere „Gefährten" Muḥammed's (Ibn Ḥaǵar), (viel häufiger als Frauenname): خَنْسَا Manns- und Frauenname; بَلْعَا Ham. 27, 7 etc.; مَغْرَا Ibn Dor. 284, 1; وَرْقَا Ham. 479, 17; Ibn Dor. 280, 10 etc. Oder ist רצוא eine Abkürzung aus رِضْو + ? رُضًى ist ein Mannsname (Qâmûs). Uebrigens könnte רצוא auch immerhin der Name der Mutter sein = * رَضْوَا oder = * رَضْوَى. Einige andere Namen wie جَدْعَا Muḥ. b. Ḥabîb 10, 1; الصَّيْدَا ibid. 36, 5 mögen als Bezeichnung von Geschlechtern ursprünglich weiblich gefasst sein.'

3 ודי] Am unteren Ende des ו erscheint ein kleiner Strich, wodurch es einem ב ähnlich wird. Der Strich scheint aber eher eine zufällige Beschädigung zu sein.

לחן] siehe zu 2, 8.

4 יתובן] N: ‚kann nur als Sprachfehler gelten; denn an ein Ettaf'al יִתּוֹבַן ist nicht zu denken.'

6 vgl. 12, 8. N: ‚Renan's *„au dieu Dusarès, notre Seigneur"* ist unmöglich. Dann stünde אלהא. Natürlich: *„dem Dûšarâ, dem Gotte unseres Herren (des Königs)"*. Beachte, dass 12, 8. 9 der König auch schlechtweg מראנא heisst.' Vgl. zu 21, 3.

7 Die Ziffern der Jahresbezeichnung sind durch das eingehauene Loch beschädigt. Sicher ist nur: zu Beginn das Zeichen für 20, und am Schlusse 1; in die Grösse des Zwischenraumes will füglich nur 15 passen.

No. 12 = D. 7

d. d. Monat Nisân Jahr 40 des Ḥâriṯat = 31 nach Chr.

1 דנה כפרא די עבד חלפו בר קסנתן לנפשה ולשעידו ברה

2 ואחותי מה די יתילד לחלפו דנה מן דברין ולבניהם ואחרהם

3 אצדק באצדק עד עלם ודי יתקברון בכפרא דנה ובדירה שעידו דנה

4 ומנועת ו···· ויבמת ואמית ושלימת בנת הלפו דנה ולא רשי

5 אניש כלה מן שעידו ואחוהי דכרין ובניהם ואחרהם די יזבן כפרא דנה

6 או יכתב מוהבה או עירה לאנוש כלה בלעדהן יכתב חרמהם לאנתתה

7 או לבנתה או לנשיב או לחתן כתב למקבר בלחד ומן יעבד דנה פאיתי

8 עמה קנס לדושרא אלה מ[ראנא כס]ף סלעין חמש מאה חרתי

9 ולמראנא כות כנסחת דנה יהיב [ב]בית קישא בירח ניסן שנת ארבעין

10 לחרתת מלך נבטו רחם עמה רומא ועבדעבדת פסליא

Z. 1 *„Diess ist die Grabhöhle, welche gemacht hat Khalafu, der Sohn des Qosnâtan für sich selbst und für den Sa'îdu seinen Sohn,*

2 *und dessen Geschwister, die etwa noch diesem Khalafu geboren werden mögen als männlich, und für deren Söhne und ihre Nachkommen,*

3 *Berechtigten um Berechtigten, in ewige Zeiten, und dass begraben werden können in dieser Grabhöhle und in . . . . dieser Sa'îdu*

4 *und Manû'at und . . . . und J-b-m-t? und Umajjat und Salîmat, die Töchter dieses Khalafu; und nicht soll befugt sein*

5 *irgend Jemand, weder Sa'îdu noch seine männlichen Geschwister, noch deren Söhne noch ihre Nachkommen, zu verkaufen diese Grabhöhle,*

6 *oder eine Urkunde der Vergabung oder sonstwas auszustellen an irgend Jemanden, ausser wenn er verschreiben wollte ihr unverletzliches Heiligthum an seine Frau*

7 *oder deren [seine?] Töchter oder einen Verwandten oder einen Schwiegersohn eine Urkunde, zu begraben, mit diesen einzigen Ausnahmen. Und wer das [dennoch] thut, der lädt*

8 *auf sich eine Strafe für Dûšarâ, den Gott unseres H[erren an Gel]d fünfhundert Sela' ḥâriṭischer Währung*

9 *und für unseren Herrn (den König) ebenfalls, gemäss der Abschrift des Vorstehenden, welche niedergelegt ist im Tempel des Qaisâ. Im Monate Nîsân im Jahre vierzig*

10 *des Ḥâriṭat, Königs der Nabatäer, welcher sein Volk liebt. Raumâ und 'Abd'abodat, die Steinmetzen."*

Z. 1 הלפו] خَلَفُ.

קסנתן] N: ‚nordsemitische Bildung = *Κοσνατανος* in der griechischen Inschrift aus Memphis mit vielen semitischen Namen, welche E. Miller in der Revue archéol. Févr. 1870, 109ff. publicirt hat. In dieser Inschrift (zwischen 200 und 150 vor Chr.) finden sich *Κοσγηρος*, *Κοσμαλαχος* [Kausmalak von einem Edomiter-König bei Schrader, A. T. und K. Schr. 2. Aufl. 151 und 613], *Κοσβανος*, *Κοσαδαρος*; dazu *Κωσαντιλος* auf einer ägyptischen Inschrift, sowie *Κοσβαραzος* auf einer kyrenäischen aus römischer Zeit CIG 5149, die beide schon Miller herangezogen hat. Vermuthlich gehört auch der Edomiter *Κοστοβαρος* Joseph., Antiq. 15, 7, 9 etc. hierher. Dieser Kos scheint ein edomitischer Gott.‘ Vgl. Halévy, Rev. Ét. juives 1884 No. 17 p. 16.

2 ואחיהי] N: ‚Pluralis. Der einzige bis dahin vorhandene Sohn ist eben Sa'îd. Beachte den Arabismus = مَ سَيُولَدُ خلف هذا من اذكار. So wieder in Z. 5 ein förmliches من البنين.‘

3 Die Buchstabengruppe hinter בכפרא דנה ist sehr schwierig: ziemlich sicher scheint mir noch zu Beginn das Waw.

Da nun unmittelbar darauf die grammatischen Subjecte zu dem vorausgegangenen יתקברון folgen, bleibt eigentlich für die Lücke nur übrig ein Theilbegriff der Grabhöhle mit angehängtem Suffix ה—.

Von den fünf Schwestern des Sa'îd sind die Namen nur theilweise festzustellen; die erste heisst sehr wahrscheinlich מניעה N: ‚= * منوعة wie مَنِيعَةُ (Frauenname bei Wüstenfeld)‘; beim zweiten Namen verzichtete ich auf eine Lesung; die dritte scheint mir mit ziemlicher Wahrscheinlichkeit יבמה zu sein; die vierte heisst אמית N: ‚= أُمَيَّةُ (Diminutiv von אמה أَمَةٌ „*Magd*“ siehe 28, 1 vgl. عُبَيْدٌ) das als Manns- und Frauennamen öfters vorkommt (بَنُو أُمَيَّةَ Omajjaden); die fünfte שלימה = سَلِيمَةُ (Muḥ. b. Ḥabîb 13) oder سُلَيْمَةُ (ibid. 26; bei Wüstenfeld auch als Frauenname) = *Σολεμάθη* Wetzstein 148 (Wadd. 2193 *Ωλεμαθη* wohl nicht so gut).‘

6 או עירה] N: ‚= أو غَيْرَهُ „*oder etwas anderes*“ einen anderen Contract.‘

7 נשיב] نسيب „*Blutsverwandter*“ hier wahrscheinlich in einer ganz speciellen Bedeutung.

N: ‚בלחד] 17, 6: בלחוד („*allein, ausschliesslich*“) gehört wohl zu בלעדהן

„*ausser wenn*“ und schliesst den Satz ab, um nochmals diess als die einzige Ausnahme energisch zu bezeichnen. Gehörte es zu אנתתה וג׳ so müsste es wohl בלחדיהם heissen.‘

9 נסחת] = نُسْخَةٌ, נוסחא (jüd.) „*Abschrift*“.[1])

10 רומא] auch 15, 2 N: ‚Denkbar wäre eine Form * رُومَا. Oder ist es verkürzt aus رُومَان (öfters vorkommend)?‘

No. 13 = II. 36

d. d. Monat Ijjâr Jahr 40 des Ḥâriṭat = 31 nach Chr.

1 דנה כפרא די עבד חשיכו בר חמידו לנפש[ה]
2 ולילדה ולבנית ושלמו אחותה בנת
3 חמידו דנה ··· ולא רשי אנוש
4 [די] יכתב בכפרא דנה תקף
5 כלה ולא למקבר בה אנוש
6 ······ אצדק באצדק זמן
7 יעבד כעיר דנה ולא ····י לה
8 ···· בירח איר שנת ארבעין להרתת
9 ·····
10 ········

Z. 1 „*Diess ist die Grabhöhle, welche gemacht hat Ḥusaiku, der Sohn des Ḥumaidu für sich selbst*

2 *und seine Kinder, und für die Bunajjat und die Salâmu seine Schwestern die Töchter*

3 *dieses Ḥumaidu . . . . Und nicht ist befugt irgend Jemand,*

4 *zu verschreiben über diese Grabhöhle irgend eine Bestätigungsurkunde, oder darin zu begraben irgend Jemanden*

6 *[ausser den Obigen . . . .?] Berechtigten um Berechtigten. Und wer*

7 *handelt anders als hiervor [geschrieben steht] . . . . . .*

8 *. . . Im Monate Ijjâr, im Jahre vierzig des Ḥâriṭat,*“

[1]) vgl. die interessante, in mehr als einer Hinsicht Parallelen bietende, griech. Inschrift einer Jüdin aus Smyrna, welche S. Reinach in der Rev. d. Ét. juives VI, 1883 p. 161 ff. mitgetheilt hat.

9 . . . .

10 . . . .

Die Steinfläche ist so grob bearbeitet, dass mit der Inschrift nicht viel anzufangen ist.

Z. 1 השיבו] N: ‚vgl. Qâmûs عبد الله بن حُسْكِ und حُسْكَة Ibn Dor. 329, 6.‘

חמירו] N: ‚خُمَيْد (passim). Möglich auch חמירו vgl. חמרה *Χαμράτη* de V. haur. 1. Der Qâmûs führt خُمَيْر und خَمِير als N. pr. auf.‘

2 בניה] N: ‚wäre wohl = * بُنَيَّة „*Töchterchen*“; vgl. oben 10. 8: אחיו = أُخَيّ, أُبَيّ „*Väterchen*“ und أُمَيْمَة „*Mütterchen*“ sind beliebte Namen.‘

שלמו] N: ‚Es gibt N. pr. سَلْم, سَلَم, اَسْلَم, اُسْلُم, unter den Ueberlieferern mehrere سَلَّام, alles Mannsnamen; aber namentlich سِلْم oder سَلَام wären sehr wohl als weibliche Eigennamen denkbar. Man muss bedenken, dass wir bei weitem weniger arabische Frauen- als Mannsnamen kennen.‘ Auf dem Steine steht eher אחוהה; das erste ה, offenbar fehlerhaft, ist durch den Steinhauer nothdürftig zu einem ה mit unten eingebogenem rechtem Schenkel umgestaltet.

9 In dem Huber'schen Abklatsch scheint am Schlusse noch der Name des Steinmetzen עבדעבדת sichtbar zu sein.

No. 14 = II. 33

d. d. Monat Ṭêbêt Jahr 44 des Ḥâriṯat = 35 nach Chr.

1 דנה כפרא די עבד עבדעבדת בר אריבס לנפשה

2 ולואלה ברתה ולבני ואלה דא ובנתה וילדהם די יתקברון בקברא הו

3 ולא רשין ואלת ובניה די יזבנון או ימשכנון או יוגרון כפרא דנה או

4 יכתבון בכפרא הו כתב בלה לכל אלויש לעלם להן די יהיא כפרא הו לואלת ולבניה

5 ובנתה ולילדהם קים לעלם וקם על ואלה ובניה די הן יהוא הורו אח עברעבדת

6 דנה בהגרא ויהוא בה חלף מות די יקברון יתה בקברא דנה לחורוהי

7 ולא ינפק יתה אנוש ומן די יעיר ולא יעבד כדי עלא כתיב

8 פאיתי עמה למראנא כסף סלעין אלפין תרין חרתי בירה

9 טבת שנת ארבעין וארבע לחרתת מלך נבטו רחם עמה

10 אפתח בר עבדעבדת פסלא עבד

7*

Z. 1 *„Diess ist die Grabhöhle, welche gemacht hat 'Abd'abodat, der Sohn des Arîbas (?) für sich selbst*

2 *und für die Wâ'ilat ihre Tochter, und für die Söhne dieser Wâ'ilat und ihre Töchter und deren Kinder, dass sie sollen begraben werden in selbigem Grabe,*

3 *und nicht sollen befugt sein die Wâ'ilat und ihre Söhne, zu verkaufen oder zu verpfänden oder zu vermiethen diese Grabhöhle, oder*

4 *auszustellen über selbige Grabhöhle irgend eine Urkunde an irgend einen Menschen in Ewigkeit, sondern dass gehören soll selbige Grabhöhle der Wâ'ilat und ihren Söhnen*

5 *und ihren Töchtern und deren Kindern als ein Bestand für ewige Zeiten; doch soll auferlegt sein der Wâ'ilat und ihren Söhnen, dass, wofern sich befindet Ḥûru der Bruder dieses 'Abd'abodat*

6 *zu Ḥigrâ und sich mit ihm ereignet ein Todesfall, dass sie ihn begraben in diesem Grabe ihn allein,*

7 *ohne dass ihn Jemand hinauswerfen kann. Und jedwelcher [etwas] abändert, und nicht handelt gemäss dem oben Verzeichneten,*

8 *der lädt auf sich für unsren Herren (den König) an Geld zweitausend Selaʿ ḥâritischer Währung. Im Monate*

9 *Ṭêbêt im Jahre vierundvierzig des Ḥâriṭat, Königs der Nabatäer, welcher sein Volk liebt.*

10 *Aftakh der Sohn des 'Abd'abodat der Steinmetz hat's gemacht."*

Z. 1 אריבס] N: ‚*Ἀρύβας?* Der epirotische Name könnte möglicherweise nach Aegypten und von da zu den Nabatäern gekommen sein. *Ὀρειβάσιος* kommt wohl in so alter Zeit noch nicht vor.‘

2 ואלת] siehe 3, 1.

4 אלוש] Schreibfehler für אנוש.

5 הן] = إِنْ *„wenn"*. N: ‚Es wird hier bestimmt, dass der Bruder des Erbauers eventuell auch da begraben werden soll, jedoch nur für seine Person, nicht auch seine Angehörigen. Dieser Ḥûru war wohl ein oft abwesender Handelsmann.‘

6 חגרא] *Ἔγρα* bei Ptolemäus. N: ‚wahrscheinlich Aramaïsirung des الحِجْر

mit Ersetzung des arabischen Artikels durch den aramäischen (Status emphaticus). Man fühlte wohl noch die Bedeutung „*geschützter Ort*“.‘ Der Name חגרא erscheint sowohl in den Targumen, als in Mischna und Talmud, doch in verschiedener Bedeutung. N: חגרא, für ברד Onkelos Gen. 16, 14 (ברד kommt nur an dieser Stelle vor). חגרא für שור Onk. Gen. 16, 7. 20, 1. 25, 18. Exod. 15, 20. Jonathan 1. Sam. 15, 7. 27, 8. Das officielle Targum hat also diese Erklärung an allen Stellen, wo שור im A. T. vorkommt. In der Mischna Gittin 1, 1 steht החגר als Beispiel einer ziemlich entfernten Stadt. Beachte den hebräischen Artikel, ganz wie חגרא den aramäischen und الحجر den arabischen Artikel hat. Ein gewisser ענן בר חייא „aus חגרא“ (מחגרא), der sich (im 4. Jahrh.) in Nehardea aufhielt (Babli, Jebamot 116ª), kann sehr wohl aus el-Ḥigr sein. Wir wissen ja, dass im nördlichen Ḥiğâz viele Juden wohnten. רקם דחגרא, welches Tosefta, Schebiit 4, 11 (ed. Zuckermandel p. 66) unter den Gränzorten des Landes Israel aufgeführt wird, kann aber nach dem Zusammenhang mit unserem חגרא nichts gemein haben. Sifre zu Deut. 11, 24 hat dafür רקם החגרא. Nicht besser steht es mit רפיח דחגרא Jerus. Schebiit 6, 1 (36ᶜ), sive רפיח וחוגרא sive רפיח וחוגרא Tosefta Schebiit l. c. (fehlt in Zuckermandel's Text, so aber in den Varr.). Diese ganzen Gränzbestimmungen sind aber in einer so wüsten Unordnung, dass sie erst einer gründlichen Untersuchung bedürfen, ehe man damit etwas machen kann.‘

חלף מות] hat mir lange Schwierigkeit gemaçht; ich kann das fragliche Zeichen nur für Pe finale ansehen. Es muss bedeuten „*Wechselfall zum Tode, Todesfall*“.

Durch das די wird die durch den langen hypothetischen Zwischensatz unterbrochene Bestimmung וקם .... די wieder aufgenommen.

לחורותי] vgl. בלחור 17, 4.

No. 15 = D. 8

d. d. Monat Ṭêbêt Jahr 45 des Ḥâriṯat = 36 nach Chr.

1 דנה כפרא די עבדו ענמו בר גויאת וארסכס[ת]
2 ברת הימו אסרתגא על רומא וכלבא
3 אחיה פלענמו תלת כפרא יצריחא דנה

4 ולארכבכסת תלתין תרין מן כפרא וצריהא
5 וחלקה מן גוחיא מדנחא וגוחיא
6 ולענמו חלקה מן גוחיא מרח ימינא
7 וגוחיא די בה להם ולילדהם אצדק באצדק
8 ביח טבת שנת 588 לחרתת מלך נבטו
9 רחם עמה אפתח בר פכלא עבר

Z. 1 *„Diess ist die Grabhöhle, welche gemacht haben Ṙânimu, der Sohn der Guzai'at, und Arisoxe,*

2 *die Tochter des Khajjâmu des Strategen, über Raumâ und Kalbâ*

3 *die Brüder der letzteren. So gehört nun dem Ṙânimu ein Drittel dieser Grabhöhle und Kammer,*

4 *und der Arisoxe zwei Drittel von der Grabhöhle und Kammer;*

5 *und ihr Antheil an den Gräblöchern ist die Ostseite und die (da befindlichen) Gräblöcher;*

6 *und dem Ṙânimu ist sein Antheil an den Gräblöchern der Südosten*

7 *und die darin befindlichen Gräblöcher; ihnen und ihren Kindern, Berechtigten um Berechtigten.*

8 *Im Monate Ṭêbêt im Jahre 45 des Ḥâriṯat, Königs der Nabatäer,*

9 *welcher sein Volk liebt. Aftakh, der Sohn, der Steinmetz hat's gemacht.“*

Z. 1 ענמו] = غَـنِـمْ. So heisst z. B. in Ḥâjel ein geschickter Waffenschmied, dessen Name (Ṙânem ibn Bânî) weit über die Gränzen des Negd hinaus in ganz Arabien mit Bewunderung genannt wird. N: غَـنْـمٌ, oder غَنِمٌ, غَنَمٌ, غَنَّمٌ vgl. Ibn Dor. 87 und den Qâmûs, wie auch غُنَيْمٌ, غَنْمَةٌ, غَنَمَةٌ, يَغْنَمٌ. Oder aber es gehört zu عنم wovon عَنَمَةٌ Ibn Dor. 123, 10 und sonst; vermuthlich auch Ἄνεμος Wetzstein 76. 182 gehört hieher = * عَنِم, und das Diminutivum Ὀνημάθη Wadd. 2229. Das häufige Ἄνεμος kann ebenso gut אנעם de Vog. nab. 10 sein = أَنْعَمُ.‘

גויאת] N: ‚deutlich * جَرِيمَةٌ oder * جُرَيْمَةٌ; vgl. جَرْء Ḥam. 169, 1 u. s. w. Ibn Dor. 137, 17. 174, 12, und جَرِيّ Ibn Dor. 152, 14 ist wohl das Masculinum zu גויאת (für جَرِيَّة).‘

ארסכסה] N: ‚jedenfalls ein fremder Frauenname; wohl irgend eine Verkürzung wie * *Ἀρισιόξη* für *Ἀρισιοξένη* (vgl. den Ausfall des *r* in אברתגא).‘

חימו] vgl. oben nab. 57 und Doughty pl. IX fol. 15, 4. N: ‚auch sinaitisch ZDMG 3, 204 (aus Burckhardt); wohl * خُيَيْم (ich finde keine Namen von خيم oder حيم); und = *Χαιαμος* Wadd. 2037, vgl. *Χεεμος* Wadd. 2183.‘

על] vgl. zu 5, 2.

2 רומא] siehe zu 12, 10.

כלבא] N: ‚Da sich kaum annehmen lässt, dass das א die Verkürzung eines Zusatzes bezeichnet, so muss man die Form wohl als aramäisch ansehen. Der vornehme Mann gab seinen Kindern ausländische Namen (ächt arabisch כלבו de Vog. nab. 6 = كَلْبٌ; auch الكَلْبُ kommt als N. pr. vor Aghânî 2, 45, 18ff.).‘ Renan vergleicht dazu *Χαλβάς*, welches im Journal asiat. Jan. 1880 (wo?) vorkommen soll; vgl. auch zu 21, 2.

3 אחיה] Das Suffixum 3 fem. am Plur. geht auf die Arisoxe: „*ihre Brüder*“; vgl. בניה 18, 1.

4 צריחא] N: ضَرِيحٌ ist unzweifelhaft (vgl. z. B. Ḥam. 391 v. 3. 439 v. 4. Das Verbum „*ein Grab graben*“ Ibn Hišâm 1019, 13).‘

5 גוחיא] N: جُوخَةٌ (nicht جوحة) = حُفْرَةٌ Qâmûs, (auch Tâǵ al-ʿarûs gibt nichts weiter); unbelegt, aber die Bedeutung ist etymologisch gut begründet. Das Verbum wird gebraucht von der fortreissenden Gewalt des Gewitterbaches: vgl. Ǵauhari und Wright, Opusc. arab. 26, 17 (28, 2), eigentlich „*Risse, Gruben in den Boden machen*“.‘

6 מדח] N: ‚Schreibfehler für מרנה.‘

N: ‚Die Frau mit ihren zwei verstorbenen Brüdern ist die Hauptperson; sie gibt ihrem Manne nur etwas ab.‘

8 ביח] Schreibfehler für בירח wie schon 10, 7. — Ueber die Zahlbezeichnung vgl. zu 7, 5.

9 Ein drittes Schreibversehen in dieser Inschrift ist die Weglassung des Vatersnamens [ʿAbdʿabodat?] hinter בר.

No. 16 = D. 3

d. d. Monat Nîsân Jahr 48 des Ḥâriṯat = 39 nach Chr.

1 דנה כפרא די עבד מטיו אסרתגא
2 בר אופרנס הפרכא לנפשה וילדה ואלו
3 אנתתה ובניהם בירח ניםן שנת ארבעין
4 ותמונא [לחרת]ת מלך נבטו רחם
5 עמה ולא רשי אניש די יזבן או ירהן או יוגר
6 כפרא דנה
7 לעלם ···· בר עבדעבדת עבד

Z. 1 „Diess ist die Grabhöhle, welche gemacht hat Maṭijju, der Strateg,
2 der Sohn des Euphronios des Hyparchen für sich selbst und seine Kinder und für die Wâ'ilu
3 seine Frau und ihre Kinder. Im Monate Nîsân im Jahre achtund-
4 vierzig des Ḥâriṯat, Königs der Nabatäer, welcher sein Volk
5 liebt. Und nicht soll befugt sein irgend Jemand, zu verkaufen oder zu verpfänden, oder zu vermiethen
6 diese Grabhöhle
7 in ewige Zeiten. .... der Sohn des 'Abd'abodat hat's gemacht.“

1 מטיו] N: ‚= * مَطِيٌّ (ich finde kein n. pr. von مطى).'

2 אופרנס] N: ‚wohl *Εὐφρόνι[ο]ς.*'

ואלו] steht deutlich da; = وَائِل?? kann fast nur Schreibfehler für ואלת sein.

4 תמונא] siehe am Schlusse Note 3.

7 Der Steinmetz ist wahrscheinlich Wahb'allâhî (II), der Sohn des 'Abd'abodat (I).

No. 17 = D. 14

d. d. Jahr 48 des Ḥâriṯat = 39 nach Chr.

1 דנה קברא די לשבי בר מקימו ולנביקת ברת[ה]
2 — ·· לילדהם ואצדקהם וכל מן ינפק בידה מן

3 שבי ונביקת כתב תקף · · · · · · · · · · · · · · · · ·
4 יתקבר בה ודי התקבר · · ם · בת מ · · · · · · שבי
5 פל · · · נביקת · נוהא אהרנא שבי די עלא נוהא די ·
6 בה בלהוד בשנת ארבעין ותמינא לחרתת מלך נבטו
7 רחם עמה

Z. 1 *„[Diess ist] das Grab, welches (gehört) dem Sabbaj, dem Sohne des Moqîmu und der Nubaiqat [seiner] Tochter,*

2 *. . . [und] ihren Kindern und ihren Nächstberechtigten, und Jedem, der vorweist in seiner Hand von*

3 *Šabbâj und Nubaiqat eine Urkunde der Bestätigung . . .*

4 *begraben werde darin, und dass (sie) begraben werde . . . . . . Šabbaj*

5 *. . . . ., welche oberhalb, ein Grabloch . . .*

6 *ausschliesslich. Im Jahre achtundvierzig des Ḥâriṯat Königs der Nabatäer,*

7 *welcher sein Volk liebt.“*

Der verzweifelte Zustand des Steines verbunden mit der ungewöhnlich schlechten Schrift des Steinhauers bereiten verschiedene Schwierigkeiten und Unsicherheiten.

Z. 2 שבי] Ich glaubte zuerst שבו lesen zu sollen, allein in Zeile 3 ist שבו rein unmöglich, dort ist vielmehr sicher שבי, allerdings mit ganz verzerrtem Jod, wie z. B. auch 26, 1 in די oder 26, 2 in רשי. Das würde mit dem palmyrenischen Namen שבי Schabbai bei Chwolson zusammenfallen. N: ‚wohl zu شبّ, wovon die Eigennamen شُبَيْب. شَبَبْ, شَبَّة, شَبُوبَة, شُبَيْبَة vorkommen.‘ Vgl. am Schlusse Note 1.

נביקת] N: ‚Diminutiv zu dem Namen نَبْقَة (Qâmûs); Bedeutung *„Frucht des Lotusbaumes“* (gewöhnlich نَبِقَة, collectiv نَبِق z. B. Jâqût 4, 739).‘ Am Schlusse der Zeile kann ברת[ה] stehen.

4 התקבר] Der Steinmetz scheint die Absicht gehabt zu haben, das erste Taw nachträglich in Jod umzuändern.

6 בלהוד] 12, 7 defectiv geschrieben בלחד; vgl. 14, 6: לחודיהי.

No. 18 = D. 21

s. d.

1 דנה כפרא די שכינת ברת מרת מוניתא ולבניה ולבנתה
2 וילדהם עד עלם

Z. 1 *„Diess ist die Grabhöhle der Sukainat der Tochter des Murrat von den Mâzin, und für ihre Söhne und ihre Töchter*
2 *und deren Kinder in ewige Zeiten.“*

Z. 1 שכינת] N: ‚= سُكَيْنَةٌ (Frauenname).‘
מרת] ‚= مُرَّةٌ (beliebter Mannsname).‘

מוניתא] Renan will, um ein Derivatum von ונא zu vermeiden, מוניחא lesen; graphisch unmöglich, und etymologisch ebenso wenig passend, als wenn von ונא. N: ‚Da an eine Ableitung von ונא nicht wohl zu denken ist, so wird man das Wort als Nisba fassen; am nächsten liegt: *„von den Mâzin“* (einem mehrfach vorkommenden Stammnamen מָוְנָיְתָא = المازنيّة; oder auch *„von den Muzaineh“* المُزَيْنِيَّة. Wunderlich, dass Renan verkennen konnte, dass בניה nur auf ein Femininum weisen kann.‘

No. 19 = D. 12

d. d. . . . . . des Ḥ[âriṭat].

1 דנה כפרא די עבדו מנעת והגרו בני עמירת
2 בר והבו לנפשהם וילדהם ואחרהם ודי הו
3 יהוא באחר מנעת ולה עויה · · · · · · · · · · להן
4 חלקה מן כפרא הו פאיתי חלקה · · · · אחר · · ·
5 · · · הו יהוא באחר הגרו וא · · · · · · · · · · יהה חלקה
6 · · · לאחר מנעת ולה ואיתי ·
7 אלהא ככף סלעין אלף ·
8 בות ככף סלעין אלף ·
9 ·
10 · · · ושה לה ·

Z. 1 *„Diess ist die Grabhöhle, welche gemacht haben Mun'at und Hâgir die Söhne des 'Amîrat,*

2 *des Sohnes des Wahbu für sich selbst und für ihre Kinder, und deren Nachkommen; und wer sich*

3 *befindet unter den Nachkommen des Mun'at, so gehört (?) ihm . . .*

4 *sein Antheil an selbiger Grabhöhle: so ist denn . . . .*

5 *. . . wer sich befindet unter den Nachkommen des Hâgir . . . . sein Antheil*

6 *. . . für die Nachkommen des Mun'at und ihm gehört . . . .*

7 *[dem] Gotte an Geld tausend Sela' . . . . [und unsrem Herrn dem Könige]*

8 *ebenfalls an Geld tausend Sela'*

9 . . . .

10 . . . . *des Ḥ[âritat].“*

Z. 1 מנעת] siehe 6, 2.

הגרו] N: ‚vgl. فَجَرٌ Ibn Dor. 277, 5; 119, 14. Ḥam. 279, 5 v. u. und den Namen مُبَاجِرٌ.‘ Wenn auch das He in Zeile 1 nicht gut erhalten ist, so ist es um so deutlicher in Zeile 5, wo ihm ein sicheres אחר (nicht אהר) vorangeht. Der Name der alten Stadt lautete überdiess أَلْحِجْرُ, nabatäisch חגרא, siehe 14, 6. Das ב in באחר ist ein Beth essentiae.

Die Inschrift ist schlecht erhalten, und wird nicht mehr viel weiter herauskommen. Das Datum ist möglicherweise Jahr 16 des Ḥâriṯat; wegen der Unsicherheit habe ich sie unter die undatirten (undatirbaren) eingereiht.

No. 20 = D. 6

d. d. Monat Nîsân Jahr . . des Ḥâriṯat.

1 רנה כפרא די עבד ש · · אלהי קנטרינא בר ובדא
2 והנה · · · · · · · · · · · · · · · · לדהם ולמן יאתא
3 מן · · · · · · · · · · · · · · · · יתקבר בה ולילד חנה
4 ולמכתב בר חרוה · · · · · · · · · · רישי אנוש כלה
5 · · · · · · · · · · · · · · · · · · לא די ירהן יתה ולא

6 די יוגר יהה [ומן די] יעבד כעיר די עלא
7 כתיב פאיתי עלוהי כפל דמי אתרא דנ[ה]
8 כלה ולענת דושרא ומנותו בירח ניסן
9 · · · · · לחרתת מלך נבטו רחם עמה
10 וכל מן די יתאלף בכפרא דנה או יעיר מן כל די עלא
11 פאיתי עמה ל[דושר]א כלעין אלף חרתי אפתח
12 עבד

Z. 1 „*Diess ist die Grabhöhle, welche gemacht hat Sa'd'allâhi (?) der centurio der Sohn des Zabdâ*
2 *[und Ḥannâh] . . . . [und für] ihre Kinder, und für einen der kommt*
3 *von . . . . [dass er] begraben werde darin, und für die Kinder der Ḥannah,*
4 *und für den . . . . Sohn des . . . . und nicht soll befugt sein irgend Jemand,*
5 *. . . . und nicht sie zu verpfänden, und nicht*
6 *sie zu vermiethen. Und ein solcher, der handelt anders als hier oben*
7 *verzeichnet ist, auf dem lastet das Doppelte des hiesigen Ortswerthes*
8 *vollständig, und auch der Fluch des Dûšarâ und der Manôtu. Im Monate Nisân*
9 *[im Jahre . . .] des Ḥâriṭat des Königs der Nabatäer, welcher sein Volk liebt.*
10 *Und jedweder, der etwas (Schriftliches) aufsetzt über diese Grabhöhle, oder abändert irgend etwas von dem Obigen,*
11 *der lädt auf sich für Dûšarâ tausend Sela' ḥâriṭischer Währung. Aftakh*
12 *hat's gemacht.*"

Z. 1 ש··אלהי] N: ‚Wenn das ש leidlich sicher, so kann gut gemeint sein سَعْدُ اَللّٰهِ שעראלהי, welches öfter in den sinaitischen Inschriften vorzukommen scheint; (ähnlich سَعْدُ مَنَاةَ, سعد اللات). Denkbar freilich auch שכם אלהי, شُكْمُ اَللّٰهِ, und شَيْعُ اَللّٰهِ = *Σηαλλας* Wadd. 2298.‘

זבדא] aram. Name, einigemal in Palmyra, *Ζάβδας*; bei Wetzstein 203. Wadd. 2131. 2404 *Ζάβδος* (wäre wohl זבדי).

2 חנה] lässt sich zur Noth nachweisen aus den Buchstabenresten. Am Ende der dritten Zeile ist der Name deutlich.

4 Die Namen in Z. 4 sind ganz unsicher.

7 דמי] siehe zu 4, 8.

איתי עלוהי] auch 27, 11; unten aber Z. 11 alsbald wieder איתי עמה.

10 יהאלף] siehe zu 2, 7.

No. 21 = D. 1

d. d. Monat Nîsân Jahr 1 des Mâliku = 39 nach Chr.

1 דנה מסגדא די עבד
2 שבוחו בר תירא לאעדא
3 די בבצרא אלה רבאל בירח
4 ניסן שנת חדה למלכו מלכא

Z. 1 „Dieses ist der Anbetungsort, welchen gemacht hat
2 Šakûḥu (?) Sohn des Tôrâ dem A'dâ (?),
3 der zu Boṣrâ ist, dem Gotte Rab'êls, im Monate
4 Nîsân im Jahre eins des Königs Mâliku."

Ich bemerke, dass diese Inschrift nicht in der Nähe der grossen Mausoleen von el-Ḥiǵr sich befindet, sondern höher oben in einer Felsgruppe, mit vielen kleinen Nischen versehen, zwischen denen ein enger Felsgang durchführt. Rechter Hand davon ist eine grosse Halle, von den Beduinen der Gegend mit dem Namen „Dîwân" belegt. Die Oertlichkeit macht den Eindruck, als ob hier der Mittelpunkt der Götterverehrung, ein Nationalheiligthum (חרם Harâm) der Nabatäer eingerichtet gewesen wäre. Eine Abbildung des „Diwan" siehe bei Doughty Pl. XLIV (No. 34). Die Nischen (vgl. Doughty Pl. XLV. XLVI) sind sehr zerstört und verwaschen, weisen aber doch mannigfache Formen auf, z. B.

Fels-Nischen beim „Dîwân" in el-Ḥiǵr.

Fig. 18.

Ueber der ersten links (Doughty Nr. 35) mit dem altarähnlichen Relief in der Mitte, ist die vorliegende Inschrift. In den kleinen Thürblenden mögen Götterbilder gestanden haben.

Z. 1 מסגדא] vgl. de Vogüé nab. 5. 8. 9 (auch an letzterer Stelle steht wohl מסגדא, nicht משגדא). Ebenso in der Inschrift von Ḍmêr ZDMG 38, 535, 1[c] gewiss מסגדא mit ס. Dass es eine Stele selbst bezeichnen soll, bezweifle ich.

2 שכוחו] Lesung sicher. N: ‚שכוחו wäre seltsam, da سكح im Arabischen gar nicht existirt, und شكح nur durch ein im Qâmûs aufgeführtes شَوْكَحَةٌ (*„etwas wie ein Thürlein in einem Thor“*) repräsentirt wird. Freilich sollte man im Arabischen etwas wie * سكح erwarten, das dem aram. שכח *„finden“* oder dem hebr. שכח *„vergessen“* entspräche.‘

חורא] N: ‚ist wohl aramäisch. Der Mann wird aus Bostra stammen (vgl. 15, 2 כלבא, auch aramäisch). Aramäische Namen von Thieren in Palmyra: גדיא *Γαδιας*, גמלא *Γαμηλος*, צפרא *Σεφφερας*. ثُوَّر ist übrigens ein häufiger arab. Name.‘

אעדא? אערא?] N: ‚Wie der Gott heisst, ist ganz dunkel. Wäre die Form aramäisch, so könnte man sie nur als Infinitivus nehmen: *„Erweckung“* אֶעְרָא oder *„Gewöhnung“* (ألْحم′ ist = لَحِمَ) oder etwa *„Fest-Feiern“* (als Denomin. von עִידָא, عِيد). Keines von diesen empfiehlt sich im Geringsten. Also wohl arabisch. Da concurriren aber die Wurzeln عدا, غدا, عذا, غذا, عرا, غرا!! Es wird ein أَفْعَلُ sein, wie אפצא = أَقْصَى.‘

3 די בבצרא] vgl. de Vog. p. 107 (nab. 6) די בצלחד. Ebenso ist trotz Halévy, Mél. d'épigr. p. 108 ff. an der von Levy (ZDMG, 1869, 23, 652 ff.) und von Renan (Journ. as. 1873 Oct. p. 383) aufgestellten Ansicht festzuhalten, dass in nab. Pozz. 1, 4 ein N. pr. loci (mit vorgesetztem ב) zu suchen ist, an welchem die Verehrung des Dûšarâ stattfand, obgleich ich keine sichere Lesung des Namens vorzuschlagen wage. Wenn בר הגאו richtig wäre, stünde es an einer ganz unmotivirten Stelle.

אלה רבאל] N: ‚Natürlich nur möglich *„dem Gotte Rab'êls“*. Vielleicht ein früherer König, vielleicht ein Ahne der Familie oder des Stammes, vgl. *„der Gott Abrahams“* und Aghânî 9, 182, 4, wo Muhalhil ben Rabî'ah schwört وَإِلَهِ رَبِيعَةَ *„beim Gotte Rabî'ahs“*. (Es fragt sich, ob da ربيعة sein eigener Vater oder der

Eponym der ganzen Stammgruppe ist, von welcher sich ein Stamm (Taghlib) und andere ableiten. Letzteres wahrscheinlicher. So ist vermuthlich die Inschrift ZDMG 22, 264 No. 2 (de Vog. p. 106) zu verstehen:

ל ....

אלה שעידו

(wo zwar eher שעיעו, oder allenfalls שעיבו شُعَيْب steht)

durch welche Lesung (statt אל משעידו) die seltsame Form משעידו vermieden wird, welche nur Pluralis مَسَاعِيد sein könnte; diese Form stimmte übrigens weder im Vocalismus, noch in den Consonanten (ש = ז!) zu *Μοζαιεδηνῶν* Wadd. 2287 (entstellt CIG 4624), womit es de Vogüé und Waddington identificiren. Ferner ist לאלה קצין de Vog. nab. 4 wohl *„dem Gotte des Qaṣîn“* oder *Qoṣain* قُصَيّ. (Und darum wäre de Vog. haur. 5 לאל קצין *„dem Geschlecht* (آل) *des Qaṣîn (Qoṣain)“* zu übersetzen.) Beachte, dass de Vog. nab. 6 und 7 קצין als gewöhnlicher Personenname erscheint.' Vgl. schon oben 11, 6: דושרא אלה מראנא. *„Dûšarâ der Gott unsres Herrn.“*

4 מלכו] N: ‚Sowohl *Μάλιχος* = مَالِك (sehr häufig), wie *Μάλχος* = einem als N. pr. nicht mehr vorkommenden مَلْك sind beliebt. Dafür, dass der Nabatäerkönig Mâliku, nicht Malku hiess, spricht Periplus Maris Erythraei § 19 (Müller, Geogr. gr. min. I, 272), wo *πρὸς Μαλίχαν*. Bei Josephus schwankt (nach Prof. Niese's Mittheilung) die Ueberlieferung zwischen *Μάλιχος* und *Μάλχος*. Letzteres dürfte eine Entstellung sein durch Reminiscenz an den den Abschreibern wohlbekannten *Μάλχος* Joh. 18, 10, während die umgekehrte Entstellung sehr unwahrscheinlich wäre. Ebenso mag sich's mit Dio Cassius 48, 41. 49, 32 verhalten, wenn die Handschriften da wirklich *Μάλχος* geben. Im Bellum alexandrinum cap. 1 ist allerdings Malchus (Malcus) allein beglaubigt. Bei Plutarch, Antonius, C. 61 ist die handschriftliche Lesart *Μάγχος*.'

No. 22 = II. 35

d. d. 3. Âb Jahr 3 des Mâliku = 41 nach Chr.

1 דנה כפרא די עבד .... בר ... מלכיון

2 הימניא לנפשה וילדה ולעמרה אנתתה די

3 יהקברון בה אצדק באצדק ולא רשי אניש עדין (?)
4 [די] יתקבר בה ומן יבעא די יכתב בכפרא דנה
5 מוהבה או כתב כלה מן ברנש ביתו די
6 עלא או אקברא הו מ · · ולא יהוא לה בכפרא דנת
7 כל שירא ביום III באב שנת תלת ל[מלכו] מלכא
8 מלך נבטו עבדעבדת בר והבא[להי פסלא] עבד

Z. 1 *„Diess ist die Grabhöhle, welche gemacht hat . . . . . der Sohn des . . . . .*
2 *aus Teimâ (?) für sich selbst und seine Kinder und für die . . . . seine Frau, dass*
3 *sie darin begraben werden Berechtigter um Berechtigten, und nicht soll befugt sein Jemand [anderes],*
4 *sich darin begraben zu lassen; und wer [es wagt?] auszustellen über diese Grabhöhle*
5 *eine Vergabung oder irgend welche Urkunde . . . ., welche*
6 *oben oder . . . . . . so soll ihm doch nicht gehören in dieser Grabhöhle*
7 *. . . . . Am Tage (?) 3 im Âb des Jahres drei des Mâl[iku], des Königs*
8 *der Nabatäer. 'Abd'abodat, der Sohn des Wahb'all[âhî der Steinmetz] hat's gemacht.“*

Der schlechte Zustand des Steines und starker Wind beim Abklatschen haben mir leider nicht ermöglicht, ein besseres Bild der Inschrift zu geben.

Am Ende der Zeile 3 erwartet man etwas wie עידהם.

No. 23 = D. 15

d. d. Jahr 9 des Mâliku = 47 nach Chr.

1 דנה כפרא די לבעני בר שעידו לנפשה וולדה ואחרה
2 ואצדקה ולא יכל אנוש די יזבן או יאגר כפרא דנה
3 לעלם בשנת תשע למלכו מלכא מלך נבטו הנאו בר
4 עבידת פסלא

Z. 1 *„Diess ist die Grabhöhle, welche [gehört] dem Ba'ann, dem Sohne des Su'aidu, für sich selbst und seine Kinder und deren Nachkommen*
2 *und ihre Nächstberechtigten. Und nicht soll im Stande sein irgend Jemand, zu verkaufen oder zu vermiethen diese Grabhöhle*

3 *in ewige Zeiten. Im Jahre neun des Königs Mâliku, Königs der Nabatäer. Hâni'u der Sohn*
4 *des 'Obaidat der Steinhauer.*"

Z. 1 בענו] N: ‚Eine Wurzel بعن oder بغن wird in den Lexicis nicht aufgeführt. Aber vgl. die hebräischen Namen בַּעֲנָא und בַּעֲנָה.'

2 שעידו] N: ‚سُعَيْد oder سَعِيد (beide beliebt). Jenes *Σοαῖδος* Wadd. 2196, *Σοῖδος* öfters.'

יאגר] ebenso 27, 9. N: ‚יְאַגַּר oder יֶאֱגַר. Der Gebrauch des Pa'els im Syrischen ist nicht so gesichert, wie es nach Payne-Smith scheinen könnte.'

3 הנאו] auch 24, 8. N: ‚= هَانِئ (häufig). Wahrscheinlich so de Vog. nab. 16, vielleicht *Ανιος*, *Ανιαος* (öfter); auch in der nab. Inschrift von Pozzuoli הנאו' und von Ḍmêr (Sachau: ZDMG 38, 537, 2[b]). Vgl. jedoch oben zu No. 21, 3.

עבידת] = عُبَيْدَة.

No. 24 = H. 32

d. d. Monat Adâr Jahr 11 des Mâliku = 49 nach Chr.

1 דנה כפרא די עבד עידו הפרכא בר עבידו
2 לה ולילדה ולאחרה ודי יתקברון בכפרא
3 דנה אפתיו אם עידו דנה ברת חבيבו
4 ונאתת אנתתה ברת שלי ומן די ינפק
5 בידה שטר מן יד עידו דנה ובפרא דנה
6 עביד בירח אדר שנת עשר וחדה למלכו
7 מלכא מלך נבטו עבדעבדת בר והבאלה[י]
8 והנאו בר עבידת ואפצא בר הותו פסליא עבדו

Z. 1 *„Diess ist die Grabhöhle, welche gemacht hat 'Âîdu der Hyparch, der Sohn des 'Obaidu*
2 *für sich und seine Kinder und deren Nachkommen, und dass begraben werden können in dieser Grab-*
3 *höhle Aftîju (?), die Mutter dieses 'Âîdu, die Tochter des Ḥabîbu.*
4 *und Nâ'itat seine Frau, die Tochter des Šullâj, und wer vorweist*

5 *in seiner Hand einen Vertrag von der Hand dieses 'Âidu. Und diese Grabhöhle ward*
6 *gemacht im Monate Adâr im Jahre elf des Königs*
7 *Mâliku, Königs der Nabatäer. 'Abd'abodat der Sohn des Wahb'allâhî*
8 *und Hâni'u der Sohn des 'Obaidat und Afṣâ der Sohn des Khawwât die Steinmetzen haben's gemacht."*

Z. 1 עידו] siehe zu 2, 2.

חפרבא] siehe zu 10, 2 (auch 16, 2).

עבידו] عُبَيْد.

3 אפתיו] siehe zu 4, 3.

4 חביבו] N: ‚حَبِيبٌ beliebter Name; syrisch ܚܒܝܒ N. pr. Ἀβεῖβος, Ἄβιβος Wadd. 2099. 2103. 2104. 2127. 2189.‘

נאתת] N: ‚könnte * نَأْتَةٌ von نات, ينوت oder نت, ينيت = „wackeln, schwanken“ sein.‘

שלי] siehe zu 11, 1 und Note 1 am Schluss.

5 שטר] auch 7, 3.

8 הנאו] siehe zu 23, 3.

אפצא] siehe zu 10, 8.

חותו] N: ‚= خَوَّاتٌ Ibn Dor. 262, paenult. und sonst.‘ Auch auf einer sabäischen Inschrift aus el-'Öla (52, 8. 9) siehe D. H. Müller im Anzeiger der Wiener Ak., phil.-hist. Cl. 17. Dec. 1884 (No. XXVIII). ‚Möglicherweise aber auch = Αὖθος (öfter) das wohl zu حوت oder حوث, wovon die Namen حُوتٌ, (حُوتٌ) und حُوتَةٌ.‘

No. 25 = D. 16

d. d. Jahr 17 (?) des Mâliku = 55 nach Chr.

1 דנה כפרא די לעבדא ועליאל וגדי?
2 בני עוהו ולאהבלי אמהם
3 ברת חמין ולמן ינפק בידה

4 כתב תקף די יתקבר

5 להם ולאחרחם בשנת ר־ו׀׀ למלכו

Z. 1 *„Diess ist die Grabhöhle, welche [gehört] dem 'Abdâ und dem 'Eli'êl und Gaddu (?),*

2 *den Söhnen des Ghautu, und der A-h-k-l-j ihrer Mutter,*

3 *der Tochter des Ḥimjân, und bestimmt ist für einen solchen, welcher vorweist in seiner Hand*

4 *eine Urkunde der Bestätigung, dass er [darin] begraben werden könne,*

5 *für sie und ihre Nachkommen. Im Jahre XVII des Mâliku.“*

Z. 1 עבדא] N: ‚entweder aramäischer Name, oder vielleicht Abkürzung aus עבד mit folgendem Genitiv.‘

עליאל] N: ‚nach nordsemitischer oder sabäischer Art: *„El ist erhaben“* (wie ידיעבל palmyren.). Sind vielleicht selbst Namen wie عَلِىّ (*Ἀλεῖος* Wadd. 2520) und مُحَمَّد aus solchen Satznamen verkürzt?‘

גדו] möglicherweise גדי, vgl. *Γαδδος* Wadd. 2267, جَدّ Wüstenfeld 1, 27 und Ham. 654, 4 v. u. (cf. das Diminutivum جُدَيْد Ibn Dor. 294, 8); hebräisch גָּד.

2 עותו] N: ‚= غَوْث; vielleicht auch = *Αὔθος* Wadd. 2204.‘

אהכלי] unsicher ist nur כ. N: ‚Da ihr Vater חמין nach D. H. Müller (Oesterr. Monatsschr. 1879, p. 279) einen sabäischen Namen *„Ḥumjân“* trägt, so sind vielleicht mehr Namen der Inschrift sabäisch. * حُمَيَّن wäre allerdings wohl denkbar. (Namen sind حَمّ Ibn Dor. 305, 5 und مُحَمِّيَة Ibn Dor. 305, 20 etc.)‘

5 Die Jahreszahl XVII ist nicht über allen Zweifel erhaben, doch immerhin sehr wahrscheinlich.

Hinter dem Namen des Mâliku ist der sonstige Titel מלכא מלך נבטו weggeblieben.

No. 26 = D. 11

d. d. Jahr 21 des Mâliku = 59 nach Chr.

1 דנה כפרא די עבדת חינת ברת והבו לנפ[שה]

2 ולולדה ואחרה עד עלם ולא רשי אנוש די י[זבן]

3 או ימשבן או יכתב אפגרו בבפרא דנה ומ[ן]
4 די יעבד כעיר דנה די יהוב חלקה לאצדק[ה]
5 בשנת עשרין וחדה למלכו מלכא מלך נבט[ו]

Z. 1 *„Diess ist die Grabhöhle, welche gemacht hat Hinat, die Tochter des Wahbu, für sich selbst*

2 *und für ihre Kinder und deren Nachkommen bis in ewige Zeiten. Und nicht soll befugt sein irgend Jemand, zu [verkaufen]*

3 *oder zu verpfänden oder zu schreiben ein Document (?) über diese Grabhöhle; und ein solcher,*

4 *der handelt anders als das Vorstehende, [so ist bestimmt], dass sein Antheil zurückfalle an seinen [Nächst-] Berechtigten.*

5 *Im Jahre einundzwanzig des Königs Mâliku Königs der Nabatäer.“*

Z. 1 הינת] N: ‚= هِينَة Ibn Dor. 278, 12.‘

3 אפגרו] Die Buchstabenlesung ist sicher. D. H. Müller (Oesterr. Monatsschrift 1885, p. 22) vergleicht arabisches أفجر *„er soll keine Lügen, Unzüchtigkeiten auf das Grab schreiben“* und ähnliche Wendungen auf assyrischen Denkmälern. N: ‚ich stelle es zu dem syrischen Verbum ܦܓܪ *„schreiben“*, welches die Syrer selbst von *ὑπογραφή* ableiten, s. Hoffmann's BA 1245. 6401. 2056 (passim); öfter in jüngeren Schriften. אפגרו ist also etwa so viel wie sonst in den Inschriften כתב.‘

No. 27 = D. 10

d. d. Monat Ijjâr Jahr 2 des Rab'êl = 73 nach Chr.

1 דנה כפרא די להינת ברת עבדעבדת לנפשה
2 וילדה ואחרה ולמן די ינפק בידה מן יד הינת
3 דא כתב או תקף די יתקבר בכפרא הו די
4 כפרא דנה הוה לעבדעבדת אבוה עלא כתיב
5 על יומוהי כתב בקברת הינת דא ועבדעבדת בר
6 מליכת אם שמען כדי אם עבדעבדת אב הינת דא
7 שין בר עבידת לכפרא דנה ·בא בר רקיבאל אסרתגא
8 ואצדקה כפרא דנה אותבי בצדקה עבדעבדת א · · ·

9 ולא יהוא אניש רשי די יזבן כפרא דנה או יאגר

10 יתה או יתאלף בכפרא דנה כתב כלה ומן יעבר

11 כעיר די עלא די איתי עלוהי חטיאה

12 לדושרא ומנותו כסף סלעין אלף חד חרתי

13 ולמראנא רבאל מלך נבטו כות בירח איר שנת

14 תרתין לרבאל מלך נבטו

Z. 1 *„Diess ist die Grabhöhle, welche [gehört] der Hinat, der Tochter des ʿAbdʿabodat, ihr selbst*

2 *und ihren Kindern und deren Nachkommen, und einem, der vorweist in seiner Hand eine von der Hand dieser Hinat*

3 *[ausgestellte] Urkunde oder Bestätigung, dass er begraben werden könne in selbigem Grabe. Dass*

4 *diese Grabhöhle gehören soll dem ʿAbdʿabodat ihrem Vater . . . geschrieben*

5 *zu seinen Lebzeiten (?) ein Schriftstück über die Begräbnisstatt dieser Hinat, und ʿAbdʿabodat, der Sohn*

6 *der Mulaikat, der Mutter . . . .*

7 *. . . . . . der Sohn des Reqîbʾêl des Strategen,*

8 *und sein Nächstberechtigter, ... ʿAbdʿabodat . . .*

9 *und nicht soll befugt sein Jemand, zu verkaufen diese Grabhöhle, oder sie zu vermiethen,*

10 *oder aufzusetzen über diese Grabhöhle irgend ein Schriftstück. Und wer handelt*

11 *anders als oben [verzeichnet ist], der lädt auf sich eine Verschuldung*

12 *für den Dûšarâ und die Manôtu an Geld eintausend Selaʿ hâritischer Währung,*

13 *und für unsren Herrn Rabʾêl, den König der Nabatäer gleichfalls. Im Monate Ijjâr, im Jahre*

14 *zwei des Rabʾêl, Königs der Nabatäer.“*

Die Inschrift ist leider in ihrem mittleren Theile schwer lesbar.

Z. 1 הינת] siehe zu 26, 1.

5 קברח] nicht ganz sicher. N: ‚Man würde קְבֻרַח sprechen, da das û dieser Form auch im Aramäischen lang ist ([illegible] Jer. 22, 19, wie im hebr. Text

קְבֻרַת חֲמוֹר); aber ich habe sonst kein Beispiel in diesen Inschriften für ein ursprünglich langes û oder î, das nicht durch die Vocalbuchstaben ausgedrückt wäre. Denkbar wäre ein קִבְרַת oder Anderes.‘

6 מליכת] N: ‚مُلَيْكَة beliebter Frauenname. Wahrscheinlicher aber مَلِيكَة, das im Arabischen seltener (vgl. Qâmûs: Frauenname), aber als *Μαλείχαθος*, *Μαλίχαθος* oft auf den ḥaurânischen Inschriften vorkommt; da auch מליכת als Mannsname (de Vog. haur. 2. 3).‘

7 אסרתגא] ist sicher; unsicherer aber der Eigenname des Strategen selbst.

רקיבאל] N: ‚„*El passt auf, ist Hüter*“ (رقيب) vgl. שמריה.‘

13. 14 רבאל] nicht דבאל; ein älterer König Rab'êl (I) wird von den Griechen bezeugt; Steph. Byz.: *Μωθώ, κώμη Ἀραβίας ἐν ᾗ ἔθανεν Ἀντίγονος ὁ Μακεδὼν ὑπὸ Ῥαβίλου τοῦ βασιλέως τῶν Ἀραβίων*[1]), *ὡς Οὐράνιος ἐν πέμπτῳ, ὅ ἐστι τῇ Ἀράβων φωνῇ τόπος θανάτου, οἱ κωμῆται Μωθηνοὶ κατὰ τὸν ἐγχώριον τόπον.*

No. 28 = D. 19

d. d. Jahr 4 des Rab'êl = 75 nach Chr.

1 דנה כפרא די לאמת ברת כמולת
2 לנפשה ולולדה ואחרה בשנת
3 ארבע לרבאל מלך נבטו

Z. 1 „*Diess ist die Grabhöhle, welche [gehört] der Amat, der Tochter der Kamûlat,*
2 *für sich selbst und ihre Kinder und deren Nachkommen. Im Jahre*
3 *vier des Rab'êl, Königs der Nabatäer.*“

Z. 1 אמת] N: ‚ist أَمَة Muḥ. b. Ḥabîb 33 etc. (natürlich Verkürzung aus אמת + Genitiv). Das Diminut. אמית war oben 12. 4.‘

כמולת] Das ל greift hoch über den Rahmen hinaus. N: ‚wäre *كَمُولَة vgl. كُمَيْل Ibn Dor. 242. 1; Ḥam. 697. 4 v. u.‘

[1]) Ionismus des Uranios.

No. 29 = H. 40 = D. Pl. IX

שלם זבידו בר תדסים בטב

„*Gruss! Zubaidu der Sohn des Theodosios, im Guten.*"

Die Abbildung bei Doughty Pl. IX fol. 15 u. Huber-Berger No. 40 sind identisch.

Die Länge der Inschrift beträgt 167^{cm}.

זבידו] N: ‚زُبَيْد *Ζοβαῖδος, Ζοβεδος* Wadd. 2127. 2150. 2520. Wetzstein 20: zu unterscheiden von dem aramäischen (palm.) זְבִידָא *Ζεβείδας*.'

תדסים] N: ‚*Θε(ο)δόσιος?* schon Strabo 566; oder תרסים? hinter welchem ein *Θαρσεάς, Θέρσης* stecken könnte.'

No. 30 = D. Pl. XIV

(el-'Öla No. 2).

1 דנה נפשא די
2 בנא ע · · · א בר · · · וא
3 על בֿרֿ א · · · תֿרֿו
4 די · · · · בֿעֿלֿה
5 עשרין ושבעה
6 ע · · · עֿש · · · · · בֿ
7 מאתין · · שנין
8 · · · · א · · · יֿ
9 ליל · · · · · · שנֿה
10 פאקֿ · · · · · ·

Z. 1 „*Diess ist der Denkstein, welchen*
2 *errichtete . . . . . Sohn des . . .*
3 *über . . .*
4 *welcher . . . . . sein Herr (?)*
5 *siebenundzwanzig*
6

7 *zweihundert . . . Jahre*
8 . . . .
9 . . . . *Jahr*
10 . . . .“

Der Stein ist an der Aussenseite eines Hauses in el-'Öla, nahe bei einem Stadtthor, eingemauert und im Laufe der Zeit schwer beschädigt; auch die Schrift gehört zu den schlechtesten, die wir kennen, so dass wenig Aussicht auf bessere Entzifferung bleibt. Doughty hat ihn Pl. XIV fol. 25 abgezeichnet.

Noten zu den nabatäischen Inschriften

von

TH. NÖLDEKE.

1 Die Endung ו bei den Eigennamen ist als Nominativzeichen aufzufassen und entspricht dem ـُ des Arabischen. Immer steht diess ו, wo im Arabischen ـٌ stehen müsste oder wenigstens dürfte. Letzteres gilt von den weiblichen Eigennamen der Form فِعْل, welche im Arabischen zunächst Triptota sind, aber auch als Diptota gebraucht werden können: so חבו حُبّ 4, 2; רופו 26, 1; קינו 8, 2; שלמו 13, 2.

Das ו fehlt, wo das Arabische kein ـٌ haben darf, bei den Diptota. Also bei allen Nomina weiblicher Form: allen den zahlreichen auf ת 1) für Männer חרתת, עבדעבדת, כנרת 8, 1; גויאת 15, 1 etc.; 2) für Frauen בנית بُنَيَّة 13, 2; ואלת وَائِلَة 14, 2 ff. etc.

Auffallende Ausnahme מניתו.

Ferner bei anderen Weibernamen, mit Ausnahme jener kürzesten: כמכם = كَمْكَم 3, 16. [Selbstverständlich bei griechischen ארסכסה 15, 1. 4 auf η.]

Eine Ausnahme macht kaum אפתיו 4, 3. 24, 3, dessen Aussprache ganz räthselhaft und das vielleicht fremder Herkunft ist; dann wäre das ו nicht Casusendung.

Bei der Form أَفْعَل: אפתח 10, 8; אנעם de Vog. nab. 10; אפצא 10, 8. 24, 8; אבין? 6, 2. — Aber אבלבו de Vog. nab. 6, das durch Schröder (ZDMG 38, 522) gesichert ist, und אדרמו in der Inschrift von Ḍmêr (Sachau in ZDMG 38, 535) können doch kaum etwas anderes sein als أَثْلَب Muḥammed b. Ḥabîb 38 und اذرم = الأَدْرَم Ibn Doraid 66, 7; Ṭab. I, 1101, 17.

Bei der Endung ـان: פרן 10, 1. 4; ואלן 9, 1; כהלן 9, 1; חמן 25, 3; הנטלן 52.

Bei zusammengesetzten Namen: אלכיף (?) 4, 2; עליאל 25, 1; קסנתן 12, 1; רבאל 21, 3. 27, 13. 14. 28, 3; מקימאל 1, 2 (und verschiedene in den Inschriften aus nördlichen Gegenden).

Bei den fremden Namen ארום 10, 1; אלכסי 2, 1; אריבס 14, 1; הפסתיון 5, 2; אופרנס 16, 1; תרסיס 29; מלכיון 5, 1.

Eine vom Arabischen abweichende Behandlung erfahren im Nabatäischen die Mannsnamen mit Imperfectformen wie يَعْمَر, يَزِيد, denn sie erhalten die Endung ו; vielleicht ward die Verbalform selbst mit auslautendem *û* gesprochen. In unsern Inschriften kommt keine solche Form vor; vgl. aber יעמרו Umm-erruṣâṣ (ZDMG 25, 429); auf sinaitischen Inschriften יזידו und in Palmyra ימלכו *Ἰάμλιχος*, *Ἰάμβλιχος* de Vog. 36, a. b. 125. (Auch *Ιμαλκουε* [*Εμαλκουαι* u. s. w.] 1. Macc. 11, 39, das sich Josephus und Andre in *Μάλχος* zurechtlegen, wird eine ungeschickte Transscription eines ימלכו im hebräischen Original sein.) — Dagegen fällt das ו im Femininum dieser Bildung nach der allgemeinen Regel weg: תעמר = * تَعْمُر de Vog. nab. 3.

Eine andere Abweichung zeigt חבלו 3, 8, wenn diess wirklich sicher steht und = حُبَيْل ist.

Die Formen שלי 11, 1; 24, 4; שבי 17, 1. 3. 4 möchte ich jetzt שְׁלָי, שְׁבָי aussprechen und = * سُلَّاء, * سُبّ setzen; vgl. das palmyrenische זבי *Ζαββαῖος* = * زَبَّاء [1]). Auch der Frauenname עזי de Vog. nab. 10 brauchte nicht عُزَّى zu sein, sondern könnte einem * عُزَّاء entsprechen; die Endung ـى wird ja sonst, [s. אפצא], durch א wiedergegeben; sie mochte etwa *ê* oder *ae* lauten.

Sehr auffallend sind die Formen אמה 7, 2 und חנה 20, 3. Ersteres doch schwerlich verschieden von אמת 23, 1. Ob hier schon die arabische Pausalform, wegen deren ة (ة) statt ت geschrieben wird?

---

[1]) Die Araber halten diesen wegen der weiblichen Form für ein Weib und verwechseln ihn mit Zenobia.

Unter unseren Namen sind keine einfachen mit dem Artikel [אלבקף? 4, 2 ist eher Compositum von אל]: dagegen in den Sinaïticis öfter אלמבקרו *Ἀλμο-βακέρου* [Genitiv], welches zeigt, dass die im Arabischen stattfindende Verkürzung der Endung beim Artikel in diesem älteren Dialecte noch nicht besteht. Entsprechend dann im Genitiv י: והבאלהי وَهْبُ اللّٰهِ 3, 11. 24, 7; חלפאלהי 9, 10; תימאלהי 24, 1; ש‥אלהי 20, 1 (und in Sinaït. גרם אלבעלי = *جَرْمُ البَعْلِ).

Dagegen ohne Endung der dunkle Gottesname אלגא in עבדאלגא de Vog. nab. 3; Pozzuoli 1 (öfters in Sinaïticis) dessen griechische Transscription als *Ἀβδαλγου* (Genit.) kürzlich von J. H. Mordtmann nachgewiesen ist (Archäologisch-epigr. Mittheilungen VIII). Derselbe vermuthet diesen Gottesnamen sehr hübsch auch in ΑΜΑΘΑΛΤΗ (lies: ΑΜΑΘΑΛΓΗ) C. I. G. 4643[b]. War der Name des Gottes ALGÊ, d. i. aram. ܐܠܓܐ *„herrlich“* mit arabischem Artikel? אל in והבאל de Vog. nab. 3. 13, ist wohl einer fremden Bevölkerung abgeborgt, und daher ohne Endung. Unflectirt schon עבדמלכו Umm-erraṣâṣ und Ḍmêr ZDMG 38, 535, auch Doughty, Pl. V, fol. 8, Z. 2 v. u. = D. 24.

Formen mit Endung א: רומא (דומא) 12, 2. 15, 2; כלבא 15, 2; זברא 20, 1; עברא 25, 1; הורא 21, 1; פתורא 5, 1 (ägyptisch?). Diese können alle aramäisch sein, doch ist es auch immerhin möglich, dass das א eine arabische Endung ـى wäre. Oder aber der aramäische Articulus postpositivus ist hier benutzt, um den arabischen Artikel zu ersetzen, so dass z. B. עבדא in Wirklichkeit אלעבדו = العَبْدُ, כלבא الكَلْبُ geheissen hätte?? Mit dem Stadtnamen חגרא = الحَجْرُ ist ja sehr wahrscheinlich etwas ähnliches geschehen. So wohl auch der Gott קישה, קישא = القَيْسُ. Sicher arabisch ist die Endung in רציא 11, 1 = رضواٌ, oder lieber رَضْوَى (möglicherweise Weibername).

(Von den sinaitischen Inschriften habe ich nur ganz sichere Fälle herangezogen; ich habe bei jenen aber auch nichts bemerkt, was dem Obigen widerspräche.)

2 Die Orthographie ist auffallend fest.

a) Inlautendes *î* und *û* scheint stets durch resp. י und ו ausgedrückt zu werden; natürlich erst recht auslautendes.

b) Diphthonge oder deren Vereinfachung *ai (ê), au (ô)* natürlich durch י, ו:

10*

בניהם (בְּנֵיהֹם صُنْعَهُمْ) 16, 7; תרין 14, 8 etc.; תרתין 27, 14; אלפין 12, 8; איתי oft; תְּרֵתִי oft; רֵישׁ oft, Plur. רשין 14, 3; עיר غَيْر oft; חנינו حُنَيْنٌ 5, 2; wahrscheinlich auch תלתין 15, 4; מוהבה 12, 6; 22, 5; מוהבתא 7, 4; יוגר 2, 7 und oft; חושבו = حُوشُبٌ 4, 1. Wie weit hier etwa die Diphthonge gewahrt, oder aber in einfache Vocale zusammengezogen wurden, entzieht sich unsrer Beobachtung wie alle anderen Feinheiten der Aussprache.

c) Sonstige *ô*

α) aus *â:* אנוש, תמונא (siehe Note 3);

β) ursprünglich kurz und in diesem Dialect wohl noch kurz gesprochen: הם—, יכתֹב, יקבֹר. Neben בלחד 22, 7 kommt auch בלחוד 17, 6 und לחודוהי 14, 6 vor (wo wohl ursprüngliche Länge);

γ) in Fremdwörtern מלכיון 5, 1; הפסתיון 5, 2; dagegen קנטרינא 20, 1.

d) Für nicht aus Diphthongen entstandenes *ê* findet sich kein neues Material hier; vgl. aber אל.

e) Auslautendes *â* meist א, doch auch noch ה, namentlich in gewissen vielgebrauchten Wörtern

α) im Stat. emphat. מלכא, כפרא, קברא, דתא (3, 10) und viele andere; לא; דא; עְלָא.

β) קישה 2, 5. 3, 4 (aber קישא 12, 9); diess ist wohl die einzige Form des stat. emph. auf ה ,-. Immer דנה.

γ) Das Femininum des status absolutus durchweg ה: מוהבה 22, 5. 12, 6; חטיאה 27, 11; חרה 24, 6. 21, 4; מאה 8, 9. 12, 8.

δ) Verbum הוה 27, 4; בְּנָה „*baute*" 1, 2 (so auch de Vog. haur. 1. 2. 3. nab. 6, 1. 10, 3 (13?); während nab. 6, 2 בְּנָא zu stehn scheint, wie die Palmyrener immer haben).

f) Auslautendes *ê* fast immer א: יהוא 19, 3. 22, 6. 27, 9; יצבא 10, 5; תצבא 7, 4; [יבעא? 22, 5]; יאתא 20, 2 [יאנא? 4, 6]; תמונא 16, 4. 17, 6; aber ארסכסה 15, 1. 4, ein griechischer Name auf *η*. Die Vocalisation von אלה 10, 3 mag etwa אֶלֵּה sein.

3 Von Vocalveränderungen ist nur zu bemerken Verfärbung des *â* zu *ô* in gewissen Wörtern. In המונא 16, 4. 17, 6 (und דכרון 38, de Vog. haur. 2, 1. 8, 1) befremdet diess nicht, da vor *n* auch im Syrischen diese Umwandlung von Alters her theils fest, theils sporadisch eintritt (z. B. ܕܡܣܘܩܐ; ܐܣܛܘܢܐ einzeln statt ܐܣܛܢܐ u. s. w., siehe Syrische Gramm. § 44). Aber sehr merkwürdig ist, dass stets אנוש für אֱנָשׁ ܐ̱ܢܫ steht, was also, wie Landauer richtig bemerkt, dann auch bei Dan. 4, 13. 14 Kethîbh nicht als falscher Hebraïsmus zu bezeichnen ist. מנותו = منوة ist ein arabisches Wort; das *ô* gehört hier also dem arabischen Dialect an; auch der Qorân schreibt منوة (wie حيوة etc.).

4 Einzelne sonstige Anmerkungen zur Grammatik:

a) Das Suffix. 3. m. ist ausnahmslos noch הם— (wie im ägyptisch-Aram. und einzeln auch bei Esra, während es im Palmyren. stets schon הון, הן ist). Diess הם ist schon bekannt aus אלההם de Vog. nab. 6, 1 und בניהם in der 2. nab. Inschrift von Pozzuoli (Journ. as. 1873 Oct.). Die 3 pl. fem. scheint beim Suffixum und Verbum immer durch die Masculinform ersetzt zu werden. So sehr oft הם—, wo הן— *hên* zu erwarten; ferner עברו *„sie haben gemacht“* von Frauen 3, 2. 8, 1 wie im Aram. des A. T. Kethîbh: so auch יתקברון 12, 3. 24, 3.

Das Suffixum der 3. fem. Sing. am Pluralis ist regulär יה—: אחיה 15, 3; בניה 18, 1 (ursprünglich wohl יָהּ—, יָהָא— gesprochen).

Das selbständige Pronom. pers. 1. Sing. ist nab. 34 אנה *„ich“* wie im bibl.-Aramäischen.

Pronomina demonstrativa sind: S. m. דנה *„dieser“*, fem. דא *„diese“* (häufig hinter den Eigennamen), Plur. אלה 10, 3 wie Jer. 10, 11 (während palmyren. אלן). הו, d. i. wohl הֻו *„jener“*, oft auch da, wo man דנה erwartete 3, 10. 14, 4 u. s. w.; aber dann ist es stets anaphorisch: *„selbiger“*, *„genannter“*. — Relativum stets: די. — Accusativzeichen mit Suffix יתה.

b) Als stat. cstr. von אח und אב kommen vor אח 14, 5 und אב 27, 6.

c) Die Stellung der Zahlen in der zweiten Decade zeigen עשר וחדה 24, 6; עשר ותלת 4, 9; עשר ושבע 5, 4 (vgl. ZDMG 24, 101).

d) Syntactisch ist u. A. zu notiren: אנוש כלה *„Jedermann, irgend Je-*

mand", mit Negation „*Niemand*" statt כל אנוש wie 14, 4; und כְּתָב כְּלָה 22, 5.

Mitunter zeigt sich im Satzbau eine gewisse Ungeschicktheit, die nicht befremden kann, wenn wir bedenken, dass die Leute eine fremde Sprache schrieben.

5 a) Arabismen sind: ولدה 23, 1. 26, 2 (öfter aram. ילדה); ضرجعא 15, 3. 4; جثّ או שלו 3, 6; نسيب 12, 7; جوخא נחא 15, 5. 6. 17, 5; لعن Verbum 2, 5. 3, 3. 4, 4. 9, 8; لعنة 20, 8; رقى Verbum 2, 6. 3, 5. 11, 4. 16, 5. 20, 5? (daneben aram. משכן 9, 2. 14, 3. 26, 3); חליקת? 2, 9. 4, 3; אצדק und אצדק באצדק?; wahrscheinlich יתאלף 2, 7. 20, 10. 27, 10; wohl auch יאנא 4, 6; vielleicht auch אחד 55; (auch אחר und בפרא?).

Viel tiefer als das Alles greift ein: غير „*ein Anderer, als*" „*nicht*" 4, 5 und oft; beachte besonders 12, 6: יכתב מוהבה או غيرה; dazu das Verbum: غَيَّرَ 9, 8. 14, 7. Und noch tiefer das beliebte rein-arabische und rein-arabisch gebrauchte ف 3, 7. 10. 15, 3 und oft.

Mit voller Sicherheit lässt sich sagen, dass diese beiden Wörtchen (غير und ف) mit ihrer specifisch arabischen Verwendung nicht von Aramäern den Arabern entlehnt sein können, sondern dass sie Arabismen sind, welche den aramäisch schreibenden, aber arabisch redenden Leuten aus ihrer Muttersprache immer wieder in die Hand kamen. Zu dieser Anschauung, dass die Erbauer dieser Grabhöhlen aramäisch schreibende, aber arabisch redende Araber waren, drängt auch sonst Alles, besonders die Eigennamen.

Entschiedene Arabismen in der Syntax:

das Perfectum von לען: לען דושרא 2, 5. 4, 4 ganz wie لَعَنَ ذُو ٱلشَّرَا (3, 3. 9, 8 nach aram. Weise das Imperfectum יילען);

die Construction von מן 9, 6: וכל אנוש די יכתב בכפרא דנה כתב מן כל די עלא „*und Jedermann, der über diess Grab ein Schriftstück schreibt von der Art* (من) *alles dessen, was oben steht (Verkauf, Verleihung)*": und noch deutlicher 12, 2 מה די יתילד לחלפו דנה מן דכרין „*was diesem Khalafu geboren werden mag an männlichen Kindern*" = ما — من; und 12, 5: ולא רשי אנוש כלה מן שעידו ואחוהי „*und nicht ist befugt irgend einer, weder Sa'îdu noch seine Brüder*“ (wo ein förmliches (من البيان).

Arabischer Einfluss ist wohl auch in dem unaramäischen Fehlen des די nach מַן in: מן יעבד „*wer thut*“ 4, 6. 27, 10; מן יזבן „*wer verkauft*“ 3, 4; מן יזבן „*wer kauft*“ 3, 5; מן ינפק „*wer vorweist*“ 25, 3; מן יקבר 3, 6; מן יאחא 20, 2; (gewöhnlich ist auch hier das מן די).

b) ע steht anstatt ع und غ (עיר)
ח „ „ ح „ خ (חלפו)
צ „ ص (אפצא = أَفْصَى) und ض (צריחא 15, 4; אבין 6, 2; רצוא 11, 1)
ט „ „ ط und ظ (חנטלן 52)
ד̇ „ „ د „ ذ
ת „ „ ت „ ث
ש „ „ س „ ش.

Da in aramäischen und griechischen Wörtern ein ס vorkommt, so muss also in jener Zeit und Gegend das س nicht wie ס, σ geklungen haben, sondern dem ש, ش ähnlicher gewesen sein.

c) So dürftig das Material ist, so scheint es mir doch zu genügen, um zu beweisen, dass das Arabisch von el-Ḥegr der späteren classischen Sprache schon s e h r n a h e stand. Die Correspondenz in solchen Feinheiten wie den Endungen der Eigennamen und die ganz gleiche Verwendung des eigenthümlichen Wörtchens غير sprechen entschieden dafür. Was wir an griechischen Transscriptionen von arabischen Eigennamen des Nabatäer-Reiches und der Nachbarschaft haben, weist gleichfalls keine tiefe Dialectabweichungen gegenüber der classischen عربيّة auf.

6 S a c h l i c h fällt zweierlei auf:

1) die weitgehende Dispositionsfähigkeit der Frauen. Sechs dieser Grabhöhlen sind von Frauen angelegt. Das mögen zum Theil Wittwen gewesen sein; zum Theil sind es wohl Verheirathete, deren Männer schon für sich einen Antheil an einer Grabhöhle ihrer Gens besassen; vergleiche namentlich auch No. 7 und 15: in No. 7 bekommt die

Frau die ganze Disposition, in No. 15 wenigstens den Haupttheil. Auch dass die Kinder der Töchter die Grabhöhle erben sollen, ist denkwürdig. Zu dieser Selbständigkeit der Frauen stimmt es, dass auf den nabatäischen Münzen die Frauen eine so sehr grosse Rolle spielen; das Vorbild der Ptolemäermünzen ist da weit überboten.

2) dass alle dauernden oder temporären Besitzwechsel schriftlich gemacht werden müssen. Mit solchen Dingen nahm man es in der Handelsstation juridisch sehr genau. Diesem Umstande verdanken wir es, dass diese Grabinschriften uns viel mehr sagen, als sonst Grabschriften zu thun pflegen. Man sieht aber auch, dass eine sehr geregelte Rechtsordnung da war, für welche vielleicht ebenso sehr der priesterliche Einfluss aufkam wie der des Königs. (Die Urkunden liegen im Tempel 12, 9.) Auf alle Fälle bestätigen die Inschriften das, was Strabo aus bester Quelle vom Nabatäerlande hörte: *σφόδρα δ' εὐνομεῖται* (779).

Verzeichniss der Nabatäischen Könige

von

A. von GUTSCHMID.

Krieg des Antigonos mit den Nabatäern, verunglückter Zug des Athenäos und halber Erfolg des Demetrios, 312 v. Chr. (Diod. XIX, 94—100. Plut. Demetr. 7).

[1][Zabdibêlos, Anführer arabischer Söldner im Heere Antiochos des Grossen, 217 (Polyb. V, 79, 8).]

Aretas I., zu dem der Hohepriester Jason floh, 169 (II. Macc. 5, 8).

Die Nabatäer gewährten den Hasmonäern Juda 164 und Jonathan 160 Zuflucht in ihrem Lande (I. Macc. 5, 25. 9, 35).

[Zabdiêl (I. Macc. 11, 17; *Ζάβηλος* bei Jos. A. J. XIII, 4, 8), griechisch *Διοκλῆς* bei Diod. exc. Escur. 20. II p. 519 Wess., Dynast von Abä, Mörder des syrischen Königs Alexander Balas, der nach Diodor auch Alexander's Sohn Antiochos Theos bei sich aufgenommen hatte, 146.]

[Eimalkuæ (I. Macc. 11, 39; *Μάλχος* bei Jos. A. J. XIII, 5, 1, richtiger *Ἰάμβλιχος* bei Diod. exc. Escur. 21), nach Diodor in der Nähe von Chalkis (vielleicht in Arethusa) regierend, Erzieher des Antiochos Theos, 145.]

Mâliku I., von ihm die Münze ohne Datum (nicht vom Jahre 1)[2]) bei de Saulcy im Annuaire de Numismatique IV (1873) p. 32. Pl. I, 1. Die Münze aus dem 43. Jahre eines Königs, dessen Name verloren ist,

---

[1]) Die eingeklammerten Namen sind fälschlich auf die Nabatäer bezogen worden.

[2]) In der Lesung der Daten folge ich durchweg den Bestimmungen Euting's und Nöldeke's.

bei de Vogüé in der Revue numismatique N. S. XIII p. 158 Pl. V, 3[1]) wird ihm mit ebenso wenig Grund gegeben, wie dem Aretas Philhellen; eher könnte sie wegen der Länge der Regierung von Erotimus herrühren.

Seeräubereien der Nabatäer auf dem Aelanitischen Meerbusen, vor der Zeit des Agatharchides (Diod. III, 43. Strab. XVI p. 777), d. i. vor 117—107.

Erotimus (Ἡρότιμος), d. i. wohl Taim-allât[2]), unternahm mit seinen 700 Söhnen Raubzüge gegen Aegypten und Syrien, nachdem diese Reiche durch innere Kriege (zwischen Antiochos Grypos und Antiochos Kyzikenos, Kleopatra und Ptolemäos Lathuros) geschwächt waren, um 103 (Trog. prol. 39. Just. XXXIX, 5, 6). Nach dem oben Bemerkten regierte er vielleicht von spätestens 139 an.

Aretas II., König 97, als die Gazäer bei der Belagerung ihrer Stadt durch Alexander Jannäos auf seine Hilfe vergeblich rechneten (Jos. A. J. XIII, 13, 3).

Obodas I. (nach Uranios und Jos. B. J.; Ὀβέδας nach Jos. A. J.) schlug um 93 den Alexander Jannäos, der den Arabern Moab und Gilead entrissen hatte (Jos. A. J. XIII, 13, 5. B. J. I, 4, 4); nach Uranios (bei Steph. s. v. Ὄβοδα) liegt der vergötterte König Obodas in Oboda (wohl Ἔβοδα bei Ptol. V, 17, 4) begraben. Münze aus dem Jahre 3 des 'Obodat bei de Saulcy im Ann. de Num. IV p. 18. Pl. I, 2.

Rabilos I. tödtete den Ἀντίγονος (schr. Ἀντίοχος) ὁ Μακεδών bei Motho (Uranios bei Steph. s. v. Μωθώ)[3]); er also war der Araberkönig, der etwa in den Jahren 87 und 86 mit Antiochos Dionysos kämpfte (Jos. A. J. XIII, 15, 1. B. J. I, 4, 7).

Aretas III. Philhellên[4]) (griechische Münze bei Visconti, Iconogr. Gr. III, 24), Sohn des Obodas I., gründete bei Lebzeiten seines Vaters nach Steph. s. v. Αὔαρα die Stadt Auara (auch von Ptol. V, 17, 5 genannt). Er nahm

---

[1]) Die 'Monnaies des rois de Nabatène' sind aus der Revue numismatique N. S. XIII (1868) pp. 153—168. Pl. V. wieder abgedruckt in den Mélanges d'archéologie orientale, append. pp. 21—36. Pl. XII.

[2]) 'Ἡρότιμος als Uebersetzung eines Namens mit 'abd wäre auffallend: ich möchte eher glauben, dass —τιμος wegen des lautlichen Anklangs an Taim.. (taim in der Bedeutung = 'abd) gewählt wäre und ein Taim-allât oder dergl. darunter steckte. Uebrigens kommen im Ijigr auch verschiedene rein griechische Namen vor' (Nöldeke). Die Phylarchie eines Θεμέλλας aus derselben Zeit, der östlich von Arethusa herrschte, erwähnt Strab. XVI p. 753. Ueber die Göttin Allât vergleiche de Vogüé, Syrie centrale. Inscriptions Sémitiques p. 107 ss.

[3]) Kana war der Ort, in den sich das Heer des Antiochos nach des Königs Fall zurückzog.

[4]) Den Titel Philhellen nehmen nichtgriechische Herrscher an, die zuerst griechische Unterthanen bekommen.

um 85 von Damaskos Besitz und ward König von Kölesyrien; unmittelbar darauf fiel er in Judäa ein (Jos. A. J. XIII, 15, 2. B. J. I. 4, 8). Nach Dio XXXVII, 15 ist der Aretas, mit dem Pompejus zu kämpfen hatte, derselbe wie der, welcher Syrien verheert hatte und bis an das Erythräische Meer herrschte. Lollius und Metellus nahmen im Auftrage des Pompejus 66 Damaskos ein[1]): am Passahfeste 65 belagerte Aretas Jerusalem, um den Hyrkanos wieder einzusetzen, ward aber von Scaurus zur Aufhebung der Belagerung genöthigt und auf dem Rückzuge von Aristobulos geschlagen (Jos. A. J. XIV, 1, 4—2, 3. B. J. I, 6, 2—3). Pompejus zog 63 gegen ihn, doch scheint es nicht, dass er viel über das Damaskenische Gebiet hinaus gekommen ist (Plut. Pomp. 41. App. Mithr. 106. Dio l. c. Oros. VI, 6 p. 384. Flor. III, 5, 29); er führte das Bild des Aretas später im Triumph auf (Diod. exc. Vat. p. 129). 62 wurde dieser von Scaurus unterworfen (Jos. A. J. XIV, 5, 1. B. J. I, 8, 1. Münze bei Eckhel, D. N. V. V, 131). Münzen mit aramäischen Legenden bei de Vogüé in der Revue numism. N. S. XIII p. 157 Pl. V, 1. 2 aus den Jahren 2 und 17 oder 18 (nicht 32 oder 33) des Ḥâriṯat.

Zug des Gabinius gegen die Nabatäer 55 (Jos. A. J. XIV, 6, 4. B. J. I, 8, 7); Anfang der Aera von Adraa zwischen 60—55 (Münze des Gordianus vom Jahre HϘC bei Mionnet, Suppl. VIII, 382).

Araber kämpften bei Pharsalos 48 auf Seiten des Pompejus (App. Civ. II, 71).

Malchos II. (bei Josephos im Jüdischen Krieg *Μάλιχος*)[2]) stellte Cäsar Reiterei für den Alexandrinischen Krieg 47 (Hirt. b. Alex. 1, 1); ward von Antipater (starb 43) durch ein Darlehen unterstützt (Jos. A. J. XIV, 14, 1. B. J. I, 14, 1); arabische reitende Bogenschützen kämpften bei Philippi 42 auf Seiten des Cassius (App. Civ. IV, 88); Malchos hielt es mit den Parthern und verweigerte dem flüchtigen Herodes 40 die Aufnahme in sein Reich, suchte es aber dann wieder gut zu machen (Jos. A. J. XIV, c. 14. B. J. I, 14, 1—15, 1); wurde von Ventidius 39 um Geld gestraft (Dio XLVIII, 41); Kleopatra suchte ihn zu verderben (Jos. B. J. I, 18, 4), und er

---

[1]) Eine autonome Münze von Damaskos vom Jahre 69 (ϹΜΓ bei Mionnet, Suppl. VIII, 193) beweist, dass die Damaskener sich schon vorher der Botmässigkeit des Aretas entzogen hatten; und damit stimmt es völlig, dass die jüdische Königin Alexandra 70 zum Schutze der von Ptolemaeos S. des Mennaeos bedrängten Stadt ein Heer nach Damaskos schickte (Jos. A. J. XIII, 16, 3. B. J. I, 5, 3).

[2]) Vgl. zu 21, 4.

musste 36 einen Theil seines Gebietes an sie abtreten (Plut. Anton. 36. Dio XLIX, 32; die Angabe des Jos. B. J. I, 22, 3, dass Malichos auf Anstiften der Kleopatra von Antonius 36 hingerichtet worden sei, beruht auf Schreibfehler oder Verwechslung mit Jamblichos von Emesa); er schickte dem Antonius Hilfstruppen zu dem Aktischen Krieg 32 (Plut. Anton. 61, wo *Μάγχος* für *Μάλχος*[1]) verschrieben ist); unglücklicher Krieg mit Herodes 31 (Jos. A. J. XV, c. 5. B. J. I, c. 19); unterhält Ende 31 freundliche Verbindungen mit Hyrkanos, die diesem verhängnissvoll werden (Jos. A. J. XV, 6, 2—3). Die 2. Inschrift von Pozzuoli im Journ. Asiat. VIIième sér. II (1873, II) p. 366 gedenkt des Jahres 7 des Mâliku, aus dem Jahre 11 ist die Inschrift von Boçrâ (de Vogüé, Syrie centrale. Inscr. Sém. p. 103).

Die Nabatäer verbrannten 30 die Schiffe, welche Kleopatra nach dem Rothen Meere hatte schaffen lassen (Plut. Anton. 69).

Obodas II., nach Strab. XVI p. 781—782 König, und Sylläos Wesir (*ἐπίτροπος*) unter dem Titel „Bruder" des Königs zur Zeit des Zugs des Aelius Gallus nach Südarabien 25 und 24; Egra in der Nähe des Rothen Meeres gehörte ihm (d. i. el-Ḥiǵr; Strabon ist ungenau). Er regierte um 11, als Sylläos bei Herodes vergeblich um die Hand der Salome anhielt (Jos. A. J. XVI, 7, 6. B. J. I, 24, 6), und noch zur Zeit des Kriegs des Herodes mit den Arabern (Jos. A. J. XVI, c. 9); er starb von Sylläos vergiftet um 9 v. Chr. Besuch des Athenodoros in Petra (Strab. XVI p. 779). Münzen des ʿObodat aus dem Jahre 10 und ohne Datum (nicht aus Jahr 26) bei de Saulcy im Ann. de Num. IV p. 19. Pl. I, 8. 9.

† Aretas, Verwandter des Obodas, war 24 Theilfürst in einem Lande südlich von Leuke Kome und nördlich von Ararene (Strab. XVI p. 782).

Aretas IV., vor seiner Thronbesteigung Aeneias, wurde um 9 v. Chr.[2]) König (Jos. A. J. XVI, 9, 4), verklagte den Sylläos bei Augustus, der ihn zum Tode verurtheilt, und wird nicht ohne Mühe von dem Kaiser als König anerkannt, 8 v. Chr. (Jos. A. J. XVI, 10, 8—9. Nicol. Dam. fr. 5 bei Müller III, 351), enthüllt weitere Verbrechen des Sylläos, um 7 v. Chr. (Jos. A. J.

---

[1]) „Möglicher Weise auch für *Μάλιχος*, wenn man nämlich *Μάγχος* als orthographische Zurechtmachung von MANXOC ansähe" (Nöldeke); s. zu 21, 4.

[2]) Das Genauere s. unten S. 87 ff.

XVII, 3, 2. B. J. I, 29, 3), der hingerichtet ward (Nicol. Dam. l. c.). Er schickte dem Varus Hilfstruppen gegen die Juden, 4 v. Chr. (Jos. A. J. XVII, 10, 9. B. J. II, 5, 1). Seine Tochter, die an Herodes Antipas vermählt war, wurde von diesem nach langer Ehe verstossen, was um 36 n. Chr. zu einem Kriege zwischen Aretas und Herodes führte: Aretas war noch König beim Tode des Tiberius 37 (Jos. A. J. XVIII, 5, 1—3). Er wird zuletzt von Paulus (II. Cor. 11. 32) um 39 als Beherrscher von Damaskos erwähnt; die Kaisermünzen dieser Stadt gehen herab bis zum Jahre 34 n. Chr. (EMT bei Mionnet V, 286), wahrscheinlich besass sie Aretas durch Verleihung des Gajus Cäsar. Auf den Münzen bei de Vogüé XIII p. 162 ss. Pl. V. 4—6 heisst er Ḥâriṯat Râḥem-ʿammeh, d. i. *Φιλόπατρις*[1]), und erscheint auf denselben in den Jahren 1 (nicht 2) und 10 allein, in den Jahren 1 (nicht 2), 10 und 15 (nicht 12) neben der Königin Ḥuldu, in den Jahren 5 (nicht 30), 40 und 48 (nicht 44) neben einer anderen Königin, wie man meint, der auf Münzen ohne Datum mit ihm genannten Śuqailat. Neu hinzugekommene Münzen bei de Saulcy im Ann. de Num. IV p. 16 (no. 14. 15, ohne Abbildungen). 14 (Pl. II, 2) nennen ihn allein in den Jahren 2 und 4 (nicht 11), neben der Ḥuldu im Jahre 3 (nicht 13), eine Münze des Berliner Cabinet's neben der Ḥuldu im Jahre 16. Die Inschrift von Çaidâ (de Vogüé, Inscr. Sém. p. 113) ist aus dem Jahre 5 (nicht 32) des Ḥâriṯat Râḥem-ʿammeh, die 2. Inschrift von Pozzuoli (Renan im Journ. Asiat. VIIième sér. II, 1873, II, p. 366) aus dem Monat Âb des Jahres 12, 13 oder 14 (so genauer als nach Renan), die 1. von Pozzuoli (Gildemeister in der ZDMG. XXIII S. 150; Levy ebendas. XXIII S. 652) aus dem Jahre 20 (nicht 30) des Ḥâriṯat; die Inschriften aus el-Ḥiǵr gehen vom Jahre 1 bis zum Nîsân und einem unleserlichen Monate des Jahres 48, also[2]) von 9 v. Chr. bis wenigstens April 39 n. Chr.

[Euax, König der Araber, der dem Tiberius ein botanisches Werk gewidmet haben soll, ist eine apokryphe Autorität des Damigeron de lapidibus p. 162 ed. Abel.]

---

[1]) Diesen Titel führten ausser ihm Archelaos von Kappadokien und Mithradates II. von Bosporos: es liegt in ihm ein verdeckter Protest gegen das *Φιλορώμαιος* und *Φιλόκαισαρ* der Bedientenkönige, was zu der Selbstständigkeit, die Aretas bei seiner Thronbesteigung dem Augustus gegenüber an den Tag legte, gut stimmt. Das üblich gewordene *Φιλόδημος* ist stilwidrig.

[2]) Vgl. S. 87.

? Anfang der Aera von Rabbathmoba zwischen 53—69 (Münze des Severus vom Jahre BMP bei Mionnet V, 591); Wiederanfang der Kaisermünzen von Damaskos mit dem Jahre 63 (ΔOT bei Mionnet V, 286): wahrscheinlich hat Nero Damaskos und andere Vorlande dem Nachfolger des Aretas wieder entzogen.

Malchos III. (*Μαλίχας* im Periplus maris Erythraei) schickte 67 den Römern im Jüdischen Kriege Hilfstruppen (Jos. B. J. III. 4, 2) und war zur Zeit des Periplus (§. 19), nicht lange vor 77[1]), König der Nabatäer. Die 1. Inschrift von Çalchat aus dem Monat Âb des Jahres 17 des Mâliku nennt ihn Sohn des Ḥâriṯat Râḥem-'ammeh (de Vogüé, Inscr. Sém. p. 107); die Inschriften aus el-Ḥiǵr gehen vom Nîsân des Jahres 1 bis in das Jahr 21. Auf Münzen (bei de Vogüé XIII p. 166 s. Pl. V, 7) erscheint Mâliku neben seiner Schwester und Gemahlin Śuqailat (wohl einer Tochter der älteren Śuqailat, während er Sohn der Ḥuldu war) in den Jahren 9 (nicht 25) und 23 (nicht 33). Hiernach hat er von spätestens April 49 an bis 71 regiert.

Rab'êl II., auf Münzen (bei de Vogüé XIII p. 167 ss. Pl. V, 8—13) neben seiner Mutter Śuqailat, also unmündig, dann neben seiner Königin Gamîlat. Eine der letzteren Art bei de Saulcy im Ann. de Num. IV p. 20. Pl. II, 7 ist datiert aus einem Jahre, das 5, 6, 10 oder 11 sein kann (nicht 22). Die Inschrift von Ḍmêr (Sachau in der ZDMG. XXXVIII, 535 ff.) ist nach der Lesung von Euting datiert vom Monat Ijjâr „im Jahre 405 nach der Zahl der Römer, das ist im Jahre 24 des Königs Rab'êl", d. i. nach der in der nächsten grossen Stadt des römischen Reichs Damaskos üblichen Seleukidenära vom Mai 94[2]); folglich wurde Rab'êl in dem im Frühjahr 71 beginnenden Jahre[3]) König. Die 2. Inschrift von Çalchat

---

[1]) S. unten S. 89.

[2]) Es kommt auf Eines heraus, ob man das eigentliche Seleukidenjahr oder das in Damaskos übliche, welches um die Frühlingsnachtgleiche anfieng (Simplicius in Aristot. Phys. p. 400b26 Bekk.; vgl. Clermont-Ganneau in der Revue archéol. Nov./Dec. 1884 p. 267 ss.), zu Grunde legt: denn die Epoche der dortigen Aera war der 1. Xanthikos 311 v. Chr., wie aus der Inschrift im C. J. Gr. 4516 hervorgeht, die am 15. Hyperberetaeos 557 den jüngeren Philippus als Augustus kennt, also vom 15. Oktober 246 ist, im Einklang zwar nicht mit den sich widersprechenden Datierungen seiner Tribunicia potestas, wohl aber mit den alexandrinischen Münzen.

[3]) Das dem alexandrinischen nachgebildete Sonnenjahr der späteren römischen Provinz begann am 22. März (Ideler, Handb. der Chronol. I, 436).

bei de Vogüé, Inscr. Sém. p. 112 ist aus dem Jahre 25 = 95 n. Chr. Die Inschriften aus el-Higr gehen vom Ijjâr des Jahres 2 bis zum Jahre 4 des Rab'êl.

Ende des Nabatäerreichs: Arabia Peträa wird von Cornelius Palma in eine römische Provinz verwandelt, im Epochenjahr der Aera von Petra und Bostra, beg. 22. März 106 (Waddington in der Revue archéol. 1865 p. 266; das Chron. Pasch. p. 472, 8 nennt das Jahr 105, welches abgezogen werden muss, um das laufende Jahr der Aera zu finden); die Münzen Trajan's bei Eckhel, D. N. V. VI, 420 sind damit in Einklang, desgleichen Dio LXVIII, 14 (vgl. Ammian. XIV, 8, 13).

Bei der grossen Bedeutung, welche die Regierung des Aretas IV. wegen der Fülle des erhaltenen Materials für Epigraphik und Numismatik hat, scheint mir eine nähere Erörterung der Grundlagen, auf denen ihre Datierung beruht, angemessen zu sein. Die Thronbesteigung dieses Königs wird von Jos. A. J. XVI, 9, 4 zwischen zwei Ereignissen berichtet, deren Zeit feststeht, der zweiten Reise des Herodes nach Rom und der Hinrichtung seiner Söhne von Mariamme. Die erstere fällt, wie Noris, Cenotaphia Pisana p. 153 sqq. nachgewiesen hat, in das Jahr 12, die letztere in das Jahr 8 v. Chr.; denn die Summarien, die den Text durchweg ergänzen und, wo nicht von Josephos selbst, doch von einem Servus litteratus in seinem Auftrage angefertigt sein dürften, geben den BB. XV—XVII, die von der Thronbesteigung des Herodes bis zur Absetzung des Archelaos gehen, 18 + 12 + 14 Jahre, die genau den 34 und 10 Jahren entsprechen, welche der Text dem Herodes und dem Archelaos ertheilt: das 15. Buch schliesst mit dem Tempelbau im 18. Jahre des Herodes, folglich gehört die Hinrichtung der Söhne, mit der das 16. Buch schliesst, in das 30. Jahr. Gleich nach der zweiten Reise nach Rom berichtet Josephos die Einweihung der neuerbauten Stadt Käsareia 10 v. Chr., scheint also alles Folgende später zu setzen; doch ist es nicht sicher, ob die chronologische Folge streng eingehalten ist, da zwischen dem Berichte über die Bauten und den folgenden, mit den Vorfällen in der Familie des Herodes eng verbundenen Geschichten keinerlei Zusammenhang stattfindet.

Der Inhalt der letzteren ist folgender. Während der zweiten Reise nach Rom wird ein Aufstand der Trachonen unterdrückt — Sylläos hält bei Herodes vergeblich um die Hand der Salome an, gewährt aus Rache 40 Freibeuterführern, die vom Aufstande übrig geblieben sind, in Arabien Zuflucht — Herodes reist zum 3. Mal nach Rom, vermittelt, ehe er sich auf die Reise begibt, eine Aussöhnung zwischen Archelaos von Kappadokien und dem syrischen Statthalter Titius — zurückgekehrt, macht er die Angehörigen der Freibeuter nieder, die er selbst nicht erreichen kann, und beschwert sich bei dem syrischen Statthalter Sentius Saturninus — da die Streifzüge der Freibeuter in das Reich des Herodes immer unleidlicher werden und ihre Zahl auf 1000 anwächst, verlangt er ohne Erfolg von Sylläos ihre Auslieferung und verklagt diesen wegen dieser Vorfälle und einer alten Schuld beim Saturninus, unter dessen Vermittlung eine 30tägige Frist anberaumt wird, bis zu welcher Sylläos Abhilfe schaffen sollte — Sylläos lässt die Frist verstreichen und geht, ohne Genugthuung gegeben zu haben, nach Rom — Herodes erhält von Saturninus freie Hand, sich selbst Recht zu verschaffen, dringt 3 Tagemärsche weit in Arabien ein, zerstört die Raubburg Raïpta und schlägt die zum Entsatz herbeieilenden Araber in einer Schlacht, noch bei Lebzeiten des Obodas — Sylläos, durch Eilboten davon unterrichtet, beschwert sich bei Augustus, der Kaiser schreibt einen drohenden Brief an Herodes — eine Gesandtschaft des Herodes kehrt um, ohne zur Audienz zugelassen worden zu sein — Sylläos war damals in Rom sehr mächtig und hatte sogar Aussicht, König zu werden; denn des Obodas Nachfolger Aretas übernahm die Regierung, ohne den Augustus zu fragen, und dieser verweigerte die Annahme der Geschenke, die ihm Aretas durch eine Gesandtschaft schickte — unter diesen Umständen werden die Grenzräuber immer dreister — Herodes schickt den Nikolaos als Gesandten nach Rom: diesem gelingt es, den Kaiser umzustimmen — Augustus schreibt einen gnädigen Brief an Herodes, ihm zugleich in Bezug auf seine Söhne freie Hand lassend — Herodes beruft hierauf ein Gericht nach Berytos, das seine Söhne zum Tode verurtheilt — Nikolaos kehrt zurück und trifft in Tyros mit Herodes zusammen — in Käsareia tritt Teron dem Herodes freimüthig entgegen und wird gesteinigt — Herodes lässt seine Söhne nach Sebaste bringen und erdrosseln.

Ganz feste Punkte zwischen 12 und 8 v. Chr. gewähren auch die Amtszeiten der syrischen Statthalter Titius und Sentius Saturninus nicht. Es ist zwar eine unverächtliche Vermuthung von Zumpt (Commentationes epigraphicae II, 83), dass die bei Liv. perioch. lib. CXLI unter Ereignissen des Jahres 10 stehende Rückgabe der Feldzeichen durch die Parther aus einer längeren Erzählung bei Anlass der Auslieferung der Söhne des Phraates, um in Rom als Geiseln zu dienen, an den Statthalter Titius übrig geblieben sei, aber doch eben nur eine Vermuthung, und die Combination Mommsen's (Res gestae Divi Augusti p. 142 ed. 2), dass eine nicht vor 8 v. Chr. geprägte Münze des Augustus sich auf das letztgenannte Ereigniss beziehe, ist von ihm zwar gegen den aus dem Costüm des dem Kaiser ein Kind überreichenden Mannes zu entnehmenden Einwand sichergestellt worden, es kommt mir aber wenig wahrscheinlich vor, dass die Auslieferung der vier erwachsenen Söhne des Phraates mit ihren Frauen und Kindern in einer so eigenthümlichen symbolischen Abkürzung ausgedrückt worden sein sollte.

Auf Grund der Verkettung der Ereignisse bei Josephos habe ich vermuthungsweise das Jahr 9 v. Chr. für den Regierungsantritt des Aretas angenommen, das derselben am Besten zu entsprechen scheint.

Abgesehen von der Bedeutung, welche die neuesten Inschriftenfunde für die Geschichte des Reiches haben, welches sie betreffen, setzen sie uns in den Stand, eine wichtige chronologische Frage präciser zu beantworten, als dies bisher möglich war: wir wissen jetzt, dass der Periplus des Erythräischen Meeres vor dem Jahre 71 geschrieben ist; somit ist, woran freilich von vornherein kein Einsichtiger zweifeln konnte, die Altersbestimmung Schwanbeck's[1]) auf das Glänzendste bestätigt worden[2]).

---

[1]) N. Rhein. Mus. VII. 351 ff.

[2]) An sich würde auch nach dem, was wir jetzt über die Regierungszeit des Malchos III. wissen, der von Schwanbeck vorgeschlagenen Identificierung unseres Periplus mit dem von Plin. N. H. VI §. 101 ff. ausgezogenen Nichts im Wege stehen; denn dieser vergleicht (§. 106) den 6. Mechir mit dem 13. Januar, war also zwischen 48—51 verfasst, wo das ägyptische Wandeljahr am 11. August begann. Allein unser Periplus rechnet nach dem festen alexandrinischen Jahre; die grosse Aehnlichkeit beweist also nur Gleichzeitigkeit.

Register der Eigennamen.

א אב Âb, Monat 7, 5
אבין Abjaḍ m. (oder Abjan??) 6, 2
אדר Âdâr, Monat 24, 6
אהכלי? Ahkeli? f. 25, 2
אופרנס Euphron(i)os, m., Hyparch 16, 2
אחיו Uḥajju m. 10, 8
איר Ijjâr, Monat 8, 10. 9, 9. 13, 8. 27, 13
אל siehe אלכוף, מקימאל, עליאל, רבאל, רקיבאל.
אלה (الله) siehe והבאלהי, וידאלהי, חלפאלהי, מענאלהי, שעדאלהי, תימאלהי.
אלהתא „die Göttin“ 40, 3
אלול Êlûl, Monat 1, 3
אלכוף Élkûf? m. 4, 2
אלכסי Alexi(os) m. 2, 2
אלת Allat f., Göttin 3, 4
אמה Amâh f. 7, 2
אמית Umajjat f. 12, 4
אמת Amat f. 28, 1
אנפי Anfu? m. 40, 2
אערא A'râ (A'dâ?) m., ein Gott 21, 2 (אעדא?)
אפתח Aftakh b. 'Abd'obodat m. 9, 10. 10, 8. 11, 8. 14, 10. 15, 9. 20, 11.
אפתיו Aftijju (I?) f., Schwester des Ḥaušabu Tochter des Nafju (?) 4, 3.
אפתיו Aftijju (II) f., Mutter des Hyparchen 'Âiḍu, Tochter des Ḥabibu 24, 3.
אפצא Afṣâ (I) m., Vater des Wahbu 10, 8
אפצא Afṣâ (II) m. b. Khawwâtu 24, 8
ארוס Arwas (?) m. 10, 1. 3
אריבס Aribas (?) m. 14, 1
ארסכסה Arisoxe f. 15, 1. 4
ב בגרת Bagrat m. 8, 1. 5 (6)
בנית Bunajjat f. 13, 2
בענו Ba'anu m. 23, 1
בצרא Boṣrâ (Bostra), Stadt 21, 2
ג גדו Gâdu (Gaddu) m. 25, 1
גזיאת Guzai'at f. 15, 1
גלהמו Gulhumu m. 7, 3
גלסי Gelâsi m. 57
ד דושרא Dûšarâ m., ein Gott 2, 5. 3, 4. 8. 4, 4. 7. 9, 3. 7. 8. 11, 6. 12, 8. 20, 8. 27, 12; 38.
דמספס Damasippos m. 55, 4
ה הבלו Hobalu (?) m., ein Gott 3, 8
הגרו Hâgiru m. 19, 1. 5
הינת Hinat (I) f., T. des Wahbu 26, 1
הינת Hinat (II) f., T. des 'Abd'obodat 27, 1. 2. 5. 6.
הנאו Hâni'u m. 23, 3. 24, 8
הפסתיון Hephästion m., Beiname des Ḥunainu 5, 2.
ו ואלו Wâ'ilu?[1] f., Frau des Strategen Maṭijju 16, 2.
ואלן Wa'lân m. 9, 1
ואלת Wâ'ilat (I) f., T. des Kharâmu, Mutter der Kamkâm 3, 1.
ואלת Wâ'ilat (II) f., T. des 'Abd'obodat 11, 2 bis. 3. 4. 5.
והבאלהי Wahb'allâhi (I) m., S. des 'Abd'obodat (I) 3, 11.

[1]) Schreibfehler für ואלת Wâ'ilat?

Kamkâm f. 3, 1. 6. 10 . . . . כמכם

ל

מ

מזניתא „eine Frau von den Mâzin (oder Muzainah)" 18, 1.

Maṭijju m. 16, 1 . . . . מטיו

Mulaikat f. 27, 6 . . . . מליכת

Mâliku m., König (Malchus III) 21, 4. 23, 3. 24, 6. 25, 5. 26, 5. מלכו

Malkion m. 5, 1 . . . . מלכיון (פתורא)

Manû'at f. 12, 4 . . . . מנועת

Manôtu f., Göttin 2, 5. 3, 4. 8. 9, 8. 20, 8. 27, 12. מנותו

Mun'at (I) m., S. des Abjaḍ 6, 2 . . מנעת

Mun'at (II) m., S. des 'Amirat 19, 1. 3. 6 מנעת

Ma'nâ m. 56, 2 . . . . מענא

Ma'ân'allâhi? m. 56, 2 und altaram. 5 (Fig. 8). מענאלהי

Meqîm'êl m. 1, 2 . . . . מקימאל

Moqîmu (I) m., S. des Meqîm'êl 1, 2 . מקימו

Moqîmu (II) m., Vater des Šabbâj 17, 1 מקימו

Murrat m. 18, 1 . . . . מרת

נ

Nâ'itat f. 24, 4 . . . . נאתת

Nabatäer 1, 4 und so ziemlich in allen weiteren. נבטו

Nubaiqat f. 17, 1. 3 (5) . . . . נביקת

Nîsan, Monat 2, 4. 5, 3. 10, 7. 11, 7. 12, 9. 16, 3. 20, 8 (11). 21, 4. ניסן

Nikias m. 59 . . . . ניקים

Nikomedes 69 . . . . ניקמדס (?)

Na'amâh m. altaram. 5 (Fig. 8) . . . נעמה

Nafju? m. 4, 2 (vgl. 43) . . . . נפיו

Niketes m. 66 . . . . נקטים

? f. 8, 2 . . . . נשכמה

ס

ע

'Abdâ m. 25, 1 . . . . עבדא

'Abdḥâritat m. 5, 5 . . . . עבדחרתת

'Abd'obodat (I) m. . . . . עבדעבדת
Vater 1) des Wahb'allâhi (I) 3, 1
2) des 'Abdḥâritat 5, 6
3) des Aftakh 9, 10. 10, 8. 14, 10 } Steinmetzen.

'Abd'obodat (II) ohne Vatersangabe 12, 10. (13, 9) = Vater des [Wahb'allâhi II?] 16, 7, Steinmetz. עבדעבדת

'Abd'obodat (III), S. des Wahb'allâhi (II) 22, 8. 24, 7. Steinmetz. עבדעבדת

'Abd'obodat (IV) m., S. des Aribas 14, 1. עבדעבדת

'Abd'obodat (V) m., Vater der Hinat 27, 1. 4. 5. 6. 8. עבדעבדת

'Obaidu m., 24, 1 . . . . עבידו

'Obaidat (I) m., Vater des Hâni'u 23, 4. 24, 8. עבידת

[Wahb'allâhi II] m., S. des 'Abd'obodat (II?) 16, 1. והבאלהי

? = ? Wahb'allâhi (II), Vater des 'Abd'obodat (III?) 22, 8. 24, 7.

Wahbu (I) m., S. des Afṣâ 10, 8 . . והבו

Wahbu (II) m., Vater der Hinat 26, 1 והבו

Wahbu (III) m., Vater des 'Amirat 19, 2 והבו

Wašwat? f. 8, 1. 6 . . . . ושות (ושוח?)

ז

Zabdâ m. 20, 1 . . . . זבדא

Zabdai m. 70 bis . . . . זבדי

Zubaidu m. 29 . . . . זבידו

Zaid'allâhi m. 65 . . . . זידאלהי

ח

Ḥubbu f. 4, 2 . . . . חבו

Ḥabîbu m. 24, 3 . . . . חביבו

Ḥigrâ, Stadt Ἔγρα 14, 6 . . . . חגרא

Ḥûru (I) m., S. des Uḥajju 10, 8 . . חורו

Ḥûru (II) m., Bruder des 'Abd'obodat S. des Aribas 14, 5. חורו

Ḥaušabu m. 4, 1 . . . . חושבו

Khawwâtu m. 24, 8 . . . . חותו

Ḥâṭibat f. 10, 2 bis. 4 . . . . חטבת

Khajjâmu (I) m., der Strateg 15, 2; 38 חימו

Khajjâmu (II) m. 57 . . . . חימו

Ḥajjân m. 51 . . . . חין

Khalaf'allâhi m. 9, 10 . . . . חלפאלהי

Khalafu m. 12, 1. 2. 4 . . . . חלפו

Khâliṣat m. 70 ter . . . . חלצת

Ḥamlat m. 7, 2 . . . . חמלת

Ḥâmilat f. 10, 2. 3. 4 . . . . חמלת

Ḥumaidu m. 13, 1. 3; 38 . . . . חמידו

Ḥimjân m. 25, 3 . . . . חמין

Ḥimlâgu m. 9, 10 . . . . חמלגו

Ḥannâh f. 20, 2. 3 . . . . חנה

Ḥanṭalân m. 52 . . . . חנטלן

Ḥunainu m. 5, 2 mit dem Beinamen Hephästion. חנינו הפסתיין

Ḥ-q-ṭ-j-n m. 59 . . . . חקטין

Ḥarâmu m. 3, 1. 46 . . . . חרמו

Ḥâritat (Philopatris) m., König = Aretas (IV) in 1—20, u. i. d. Zusammens. 'Abdḥâritat עבדחרתת 5, 5. חרתת

Ḥusaiku m. 13, 1 . . . . חשיכו

ט

Ṭêbêt, Monat 3, 2. 12, 9. 15, 8 . . . טבת

Ṭanṭâ? 47 c, 2 . . . . טנטא?

י

Jebâmat? f. 12, 4 . . . . יבמת

כ

Kuhailu m. 2, 1 . . . . כהילו

Kahlân m. 9, 1. 5 . . . . כהלן

Kûzâ m. 51 . . . . כוזא

Kalbâ m. 15, 2 . . . . כלבא

Kulaibat f. 3, 2. 10 . . . . כליבת

Kamûlat f. 25, 1 . . . . כמולת

Rûfû f. 4, 3 . . . רופי
Radwâ m. 11, 1 . . . רצוא
Reqîb'êl m., Strateg 27, 7 . . . רקיבאל
ש
Šebât, Monat 4, 9 . . . שבט
Šabbâj m. 17, 1. 3. 4 . . . שבי
Šakûḥu (?) m. 21, 1 . . . שכוחו
Sukainat f. 18, 1 . . . שכינת
Šullâj (I) m., S. des Raḍwâ 11, 1 . . . שלי
Šullâj (II) m., Vater der Nâ'itat 24, 4 שלי
Salimat f. 12, 4 . . . שלימת
Salâmu f. 13, 2 . . . שלמו
Σαλάμιοι 2, 9. 4, 4. 9, 3 . . . שלמו
(Šim'ân?) 27, 6 . . . שמען?
Sa'd'allâhi m., centurio 20, 1; 45 . שעדאלהי?
Sa'idu oder Su'aidu (I) m., S. des Khalaf 12, 1. 3. 5. שעידו
Sa'idu oder Su'aidu (II) m., Vater des Ba'anu 23, 1. שעידו
ת
Ṭadâ f., Göttin 40, 3 . . . תדה?
Theo(o)dosios m. 29 . . . תדסים
Tôrâ m. 21, 2 . . . תורא
Teim'allâhi m. 7, 1 . . . תימאלהי
Taimu m. 57 . . . תימו?
„ein Mann aus Teima“ 4, 2. 22, 2 . . . תימניא
„Frauen aus Teimâ“ 8, 2 (Femin. Pluralis.) תימניתא

'Obaidat (II) 27, 7 . . . עבידת?
Ghauṭu m. 25, 2 . . . עותו
'Âîdu (I) m., S. des Kuhailu 2, 1. 3. 4 עידו
'Âîdu (II) m., Hyparch, S. des 'Obaidu 24, 1. 3. עידו
'Eli'êl m. 25, 1 . . . עליאל
('Amdat?) f. 22, 2 . . . עמדת?
'Amîrat m. 19, 1 . . . עמירת
('Amnâd?), Oertlichkeit 3, 4 . . . עמנד?
Ghânimu (I) m. 15, 1. 3. 6 . . . ענמו
Ghânimu (II) m., Strateg 55, 2 . . . ענמו
פ
Farwân m., Hyparch 10, 1 bis. 4 . . . פרון
(N. pr.?) Beiname des Malkion 5, 1 . פתורא
צ
ק
(Qubbah?) f. 10, 2 . . . קבה
Qainu f. 8, 2 . . . קינו
Qaisâ m., ein Gott 12, 9 . . . קישא
Qaisâh m., ein Gott 2, 5. 3, 4 . . . קישה
Qosnâtan m. 12, 1 . . . קסנתן
ר
Rab'êl m. (Privatmann?, unter König Mâliku [Malchus II(]) 21, 3. רבאל
Rab'êl (II) m., König 27, 14. 28, 3 . רבאל
Rag'â m. 40, 2 . . . רגעא
Raumâ (I) m., Steinmetz 12, 10 . . . רומא
Raumâ (II) m., Bruder der Arisoxe, S. des Strategen Khajjâmu 15, 2. רומא

Zahlen.

⅔: תלתין תרין 15, 4.

1 masc.: חד, in אלף חד „*Eintausend*“ 27, 12.

1 fem.: חדה 21, 4 und in עשר וחדה „*eilf*“ 24, 6; עשרין וחדה 26, 5.

2 masc.: תרין in אלפין תרין „*Zweitausend*“ 12, 8.

תלתין תרין „*Zwei Drittel*“ 15, 4.

fem.: תרתין 27, 14.

3 masc.: תלת 22, 7; fem.: תלתה in אלפין תלתה „*Dreitausend*“ 9, 7.

4 „ ארבע 28, 3; und in עשרין וארבע „*Vierundzwanzig*“ 6, 4 und in ארבעין וארבע „*Vierundzwanzig*“ 12, 9.

5 „ חמש in חמש מאה „*Fünfhundert*“ 12, 8 und in תלתין וחמש „*Fünfunddreissig*“ 9, 5.

6 „ שת in תלתין ושת 10, 7.

7 „ שבע in עשר ושבע 5, 4.

שבעה f. in עשרין ושבעה 30, 5.

8 „ תמונא in ארבעין ותמונא „*Achtundvierzig*“ 16, 3. 4. 17, 6.

9 „ תשע 2, 4. 3, 2. 23, 3.

10 „ עשר in den 2 folgenden Zusammensetzungen.

11 „ עשר וחדה 24, 6.

17 „ עשר ושבע 5, 4.

20 „ עשרין in den 3 folgenden Zusammensetzungen.

21 „ עשרין וחדה 26, 5.

24 „ עשרין וארבע 6, 4.

27 „ עשרין ושבעה 30, 5.

30 „ תלתין in den 2 folgenden Zusammensetzungen.

35 „ תלתין וחמש 9, 9.

36 „ תלתין ושת 10, 7.

40 „ ארבעין 12, 9. 13, 8 und in den 2 folgenden Zusammensetzungen.

44 „ ארבעין וארבע 14, 9.

48 „ ארבעין ותמונא 16, 3. 4. 17, 6.

100	masc.:	מאה	8, 9.
200	„	מאתין	30, 7.
500	„	חמש מאה	12, 8.
1000	„	אלף	3, 9. 4, 9. 11, 6. 19, 7. 8. 20, 11.
		אלף חד	*„Eintausend“* 27, 12.
2000	„	אלפין תרין	12, 8.
3000	„	אלפין תלתה	9, 7.

An Zahlzeichen kommen vor:

1		1, 4.
3		22, 7.
5		3, 8.
17		25, 5.
25		7, 5.
26		7, 5.
33	(? 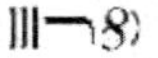)	8, 11.
36	(? )	11, 7.
45	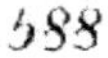	15, 8.

In der Inschrift von Ḍmêr (Sachau, ZDMG 38, 535, 3c) ist 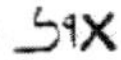 = 405.

Monatsnamen.

Âb 7, 5.
Âdâr 24, 6.
Êlûl 1, 3.
Ijjâr 8, 10. 9, 9. 13, 8. 27, 13.
Nîsân 2, 4. 5, 3. 10, 7. 11, 7. 12, 9. 16, 3. 20, 8 (11). 21, 4.
Šebâṭ 4, 9.
Ṭêbêt 3, 2. 12, 9. 15, 8.

Uebersicht

der

Aramäischen Ziffern.

In der nachfolgenden „Uebersicht der aramäischen Ziffern“ habe ich zusammengestellt, was sich auf Inschriften und Münzen nachweisen lässt; die phönikische, palmyrenische und syrische Columne ist grösstentheils schematisch behandelt, während die altaramäische und nabatäische nur das wirklich vorkommende Material aufweist. Auf absolute Vollständigkeit kann die Tabelle keinen Anspruch machen, da mir die Kenntniss aller einschlägigen Münzen nicht zu Gebot steht. Die nabatäischen und altaramäischen Ziffern für 5 und für 1000 sind vordem, glaube ich, nicht erkannt worden. Eine ähnliche, aber unvollkommenere, Zusammenstellung habe ich früher (1881) in der Palaeographical Society, Oriental Series, Part VI als Beilage zu Plate LXXIV gegeben.

Abkürzungen.

P. L. = Papyrus égypto - araméen du Louvre par J. J. L. Bargès. Paris 1862. 4°.

P. Vat. = Papyrus du Vatican in: de Vogüé, Syrie centrale, Inscr. sémitiques I. Paris 1868. 4°. Pl. 16.

Pozz. = 2 nabatäische Inschriften gef. zu Pozzuoli; 1) ZDMG 1869, 23, 150 ff. 2) Journ. as. 1873, II, 366 ff.

Ṣaqq. = ägyptisch-aramäische Inschrift von Ṣaqqârah: Zeitschrift f. ägypt. Spr. 1877, 127 ff.

Six, M. = J. P. Six, Le Satrape Mazaïos. Londres 1884. (Numismatic Chronicle, III. S., Vol. IV.)

de V.
de V. nab.
de V. palm.
= de Vogüé, Syrie centrale, Inscr. sémit. I. Paris 1868. 4°.

de V. M. = de Vogüé, Mélanges d'archéologie orientale. Paris. 1868. 4°.

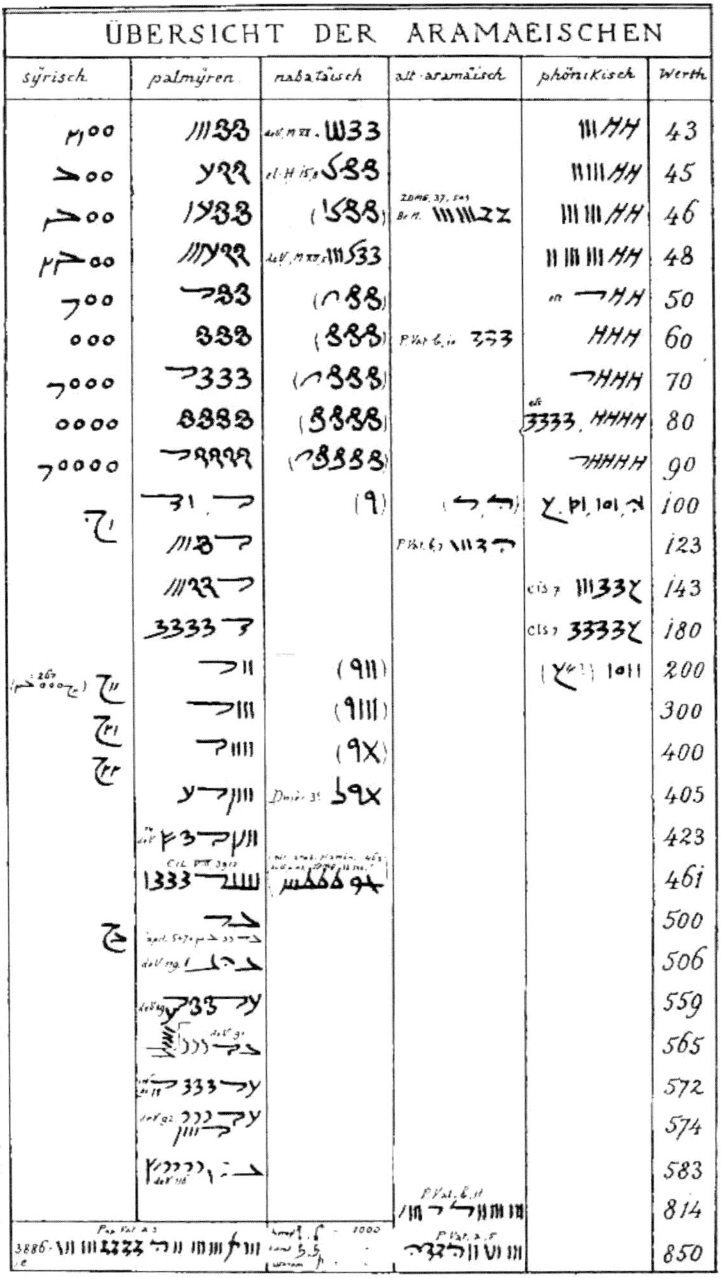

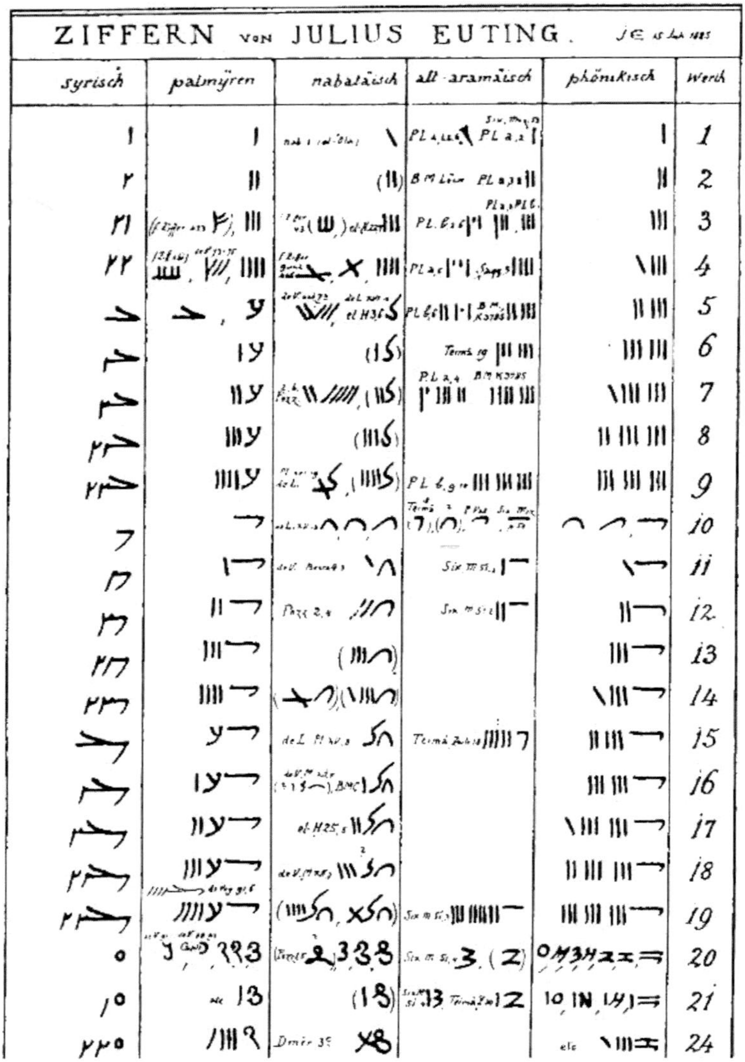

Abkürzungen.

B. M. C. = Berliner K. Münz-Cabinet.

B. M. K. 3785 = British Museum, assyrische Abtheilung, Thontafel No. „K. 3785“.

B. M. L. = British Mus., bronzene Gewichtslöwen aus Babylonien.

C. I. S. = Corpus inscriptionum semiticarum (Paris).

C. I. L. = Corpus inscriptionum latinarum (Berlin).

Capit. = palmyrenische Inschrift im Museum auf dem Capitol: ZDMG 1864, Bd. 18. Tafel II, No. XVI p. 99.

Ḍmêr = nabatäische Inschr. von Ḍmêr: ZDMG 1884, 38, 535.

el-Ḥ. = nabatäische Inschriften von el-Ḥegr: J. Euting.

Verbesserungen.

S. 2, Fig. 1 ist auf der Karte der Name Teimâ zu unterstreichen.

S. 5, Note 1 lies: S. 21 statt S. 30.

S. 14, Z. 3 lies: נעמה Na'amâh (was durch eine süd-arabische Inschrift auf einem benachbarten Felsen bestätigt zu werden scheint).

S. 46 zu No. 11, 4: ‚Die Bemerkung über יתובן ist angesichts des deutlichen מתובנא im Palmyrener Zolltarif II, c. 33 [34] zurückzunehmen, so schwierig die grammatische Erklärung ist.' N.

S. 64 in No. 22, 3 am Schluss vermuthet Nöldeke mit Recht die Lesung עדיו = syrisch ܥܕܝܘ (nahe verwandt mit عَدُوٌّ): *nicht soll befugt sein ein „fremder" Mensch.*

S. 64, No. 22, 5. Nöldeke: ‚מן בר *„ausser"* wie sonst עיר.' oder *„ausserhalb"?*

Statt: 'Ahd'abodat lies durchweg: 'Abd'obodat.

Im Register der Eigennamen (S. 90 ff.) sind die Citate aus den Nummern 45 und 47 je gegenseitig zu vertauschen.

S. 96. Das Zahlzeichen für 1000, welches ich auf dem Papyrus aram. Vatic. festgestellt habe, kann ich nun auch in seiner phönikischen Form || nachweisen; denn auf der im März 1885 bei Tyrus gefundenen phönikischen Inschrift (Schröder in ZDMG 1885. S. 317 ff.) lese ich in Zeile 2: ¬HHH|| = 1070.

Im Druck beendet am 28. August 1885.

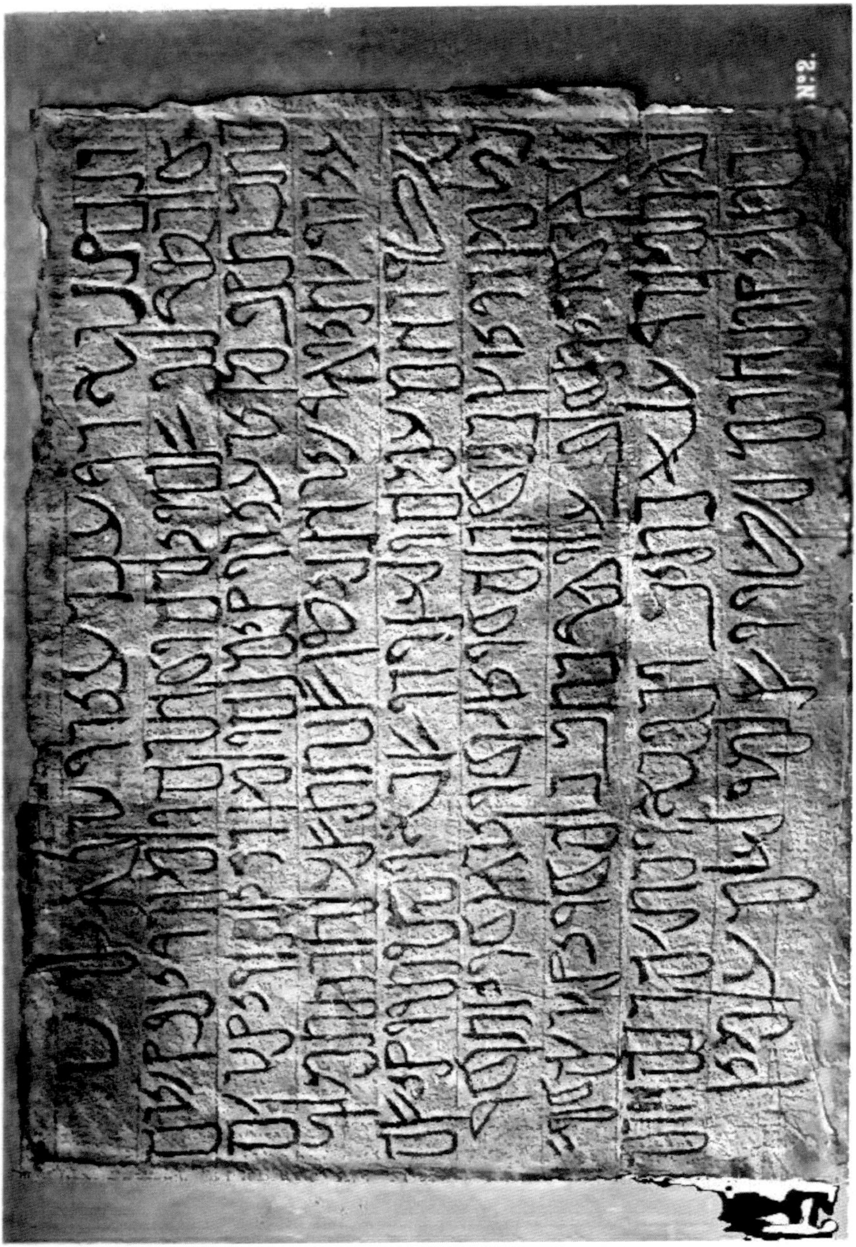

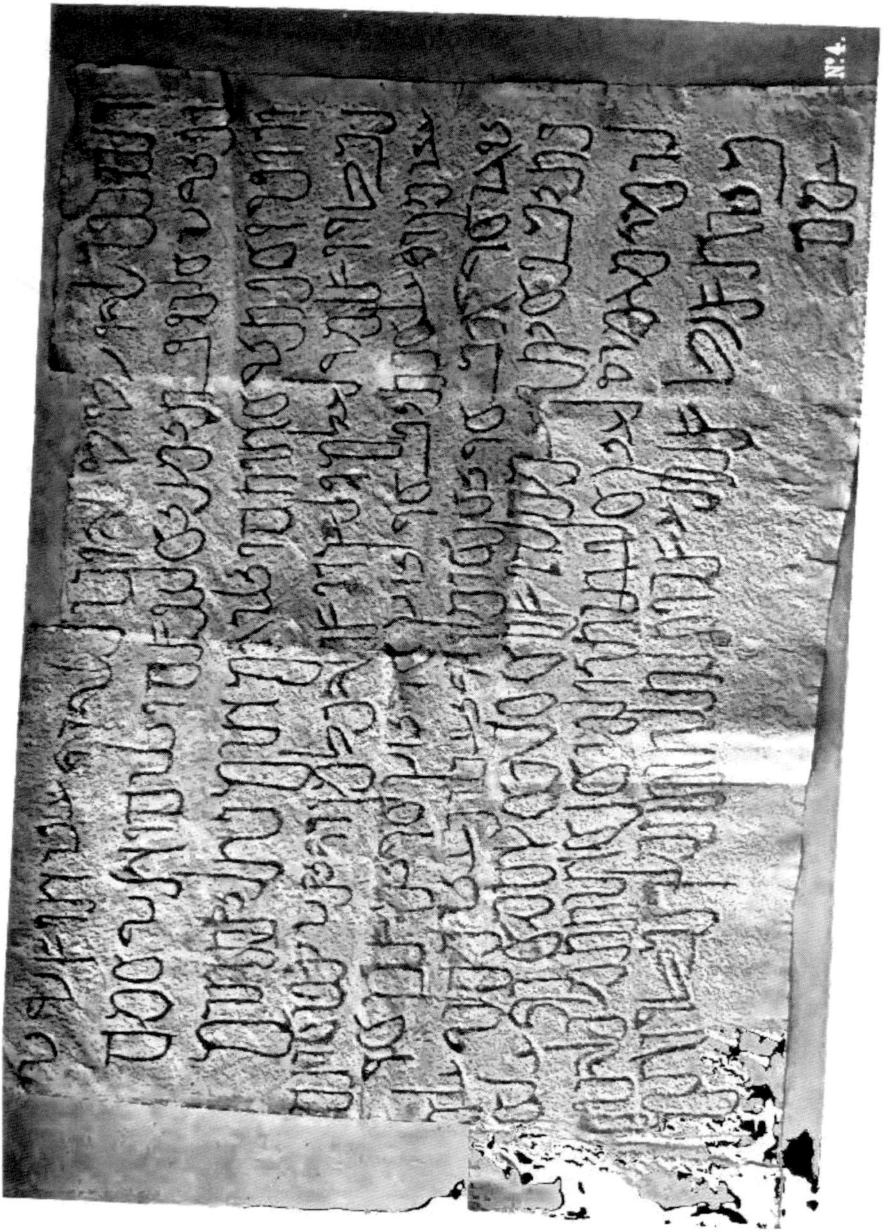
N° 4.

№ 7.

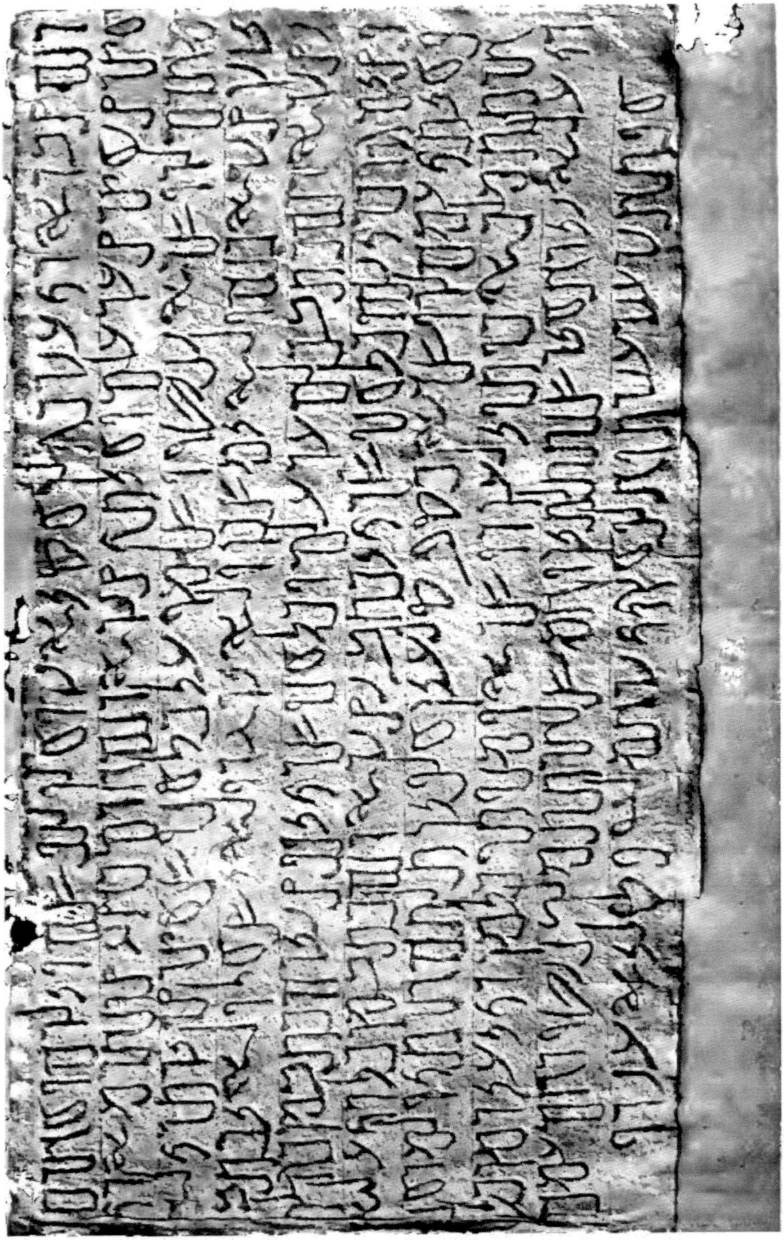

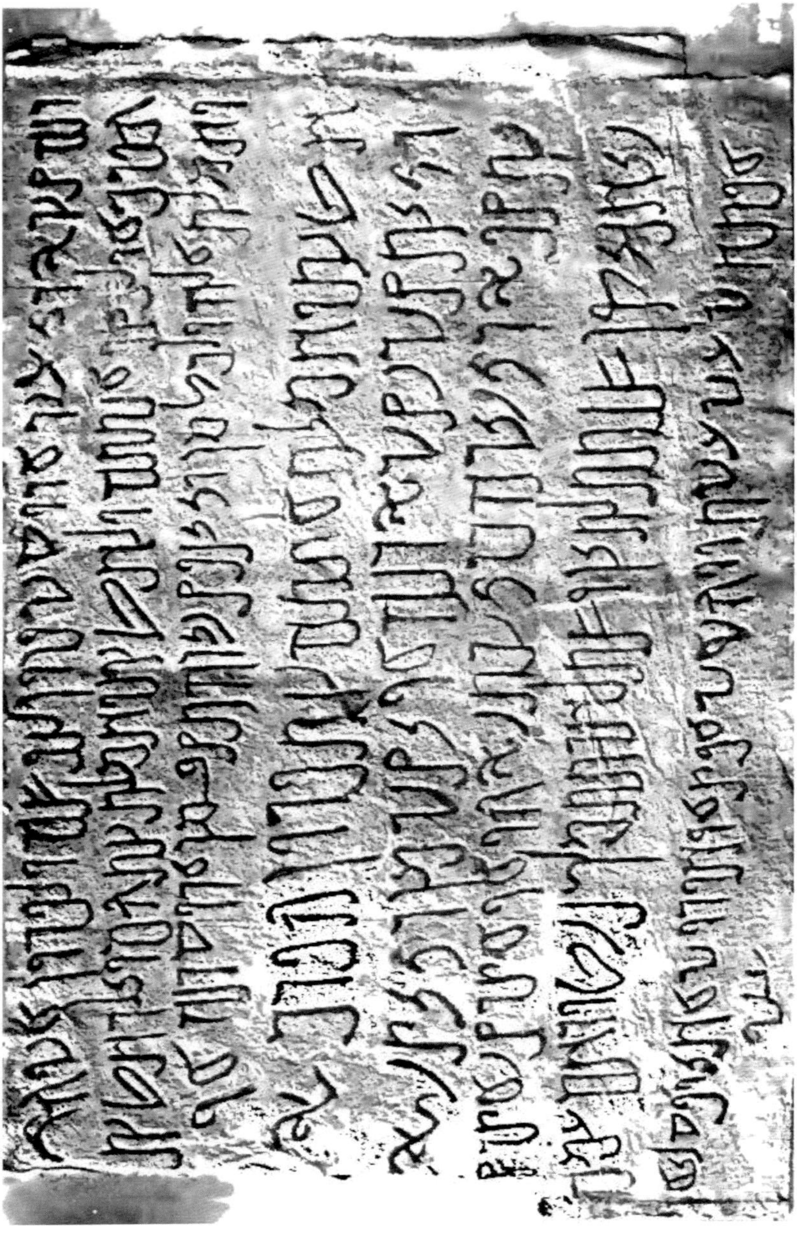

N°13.

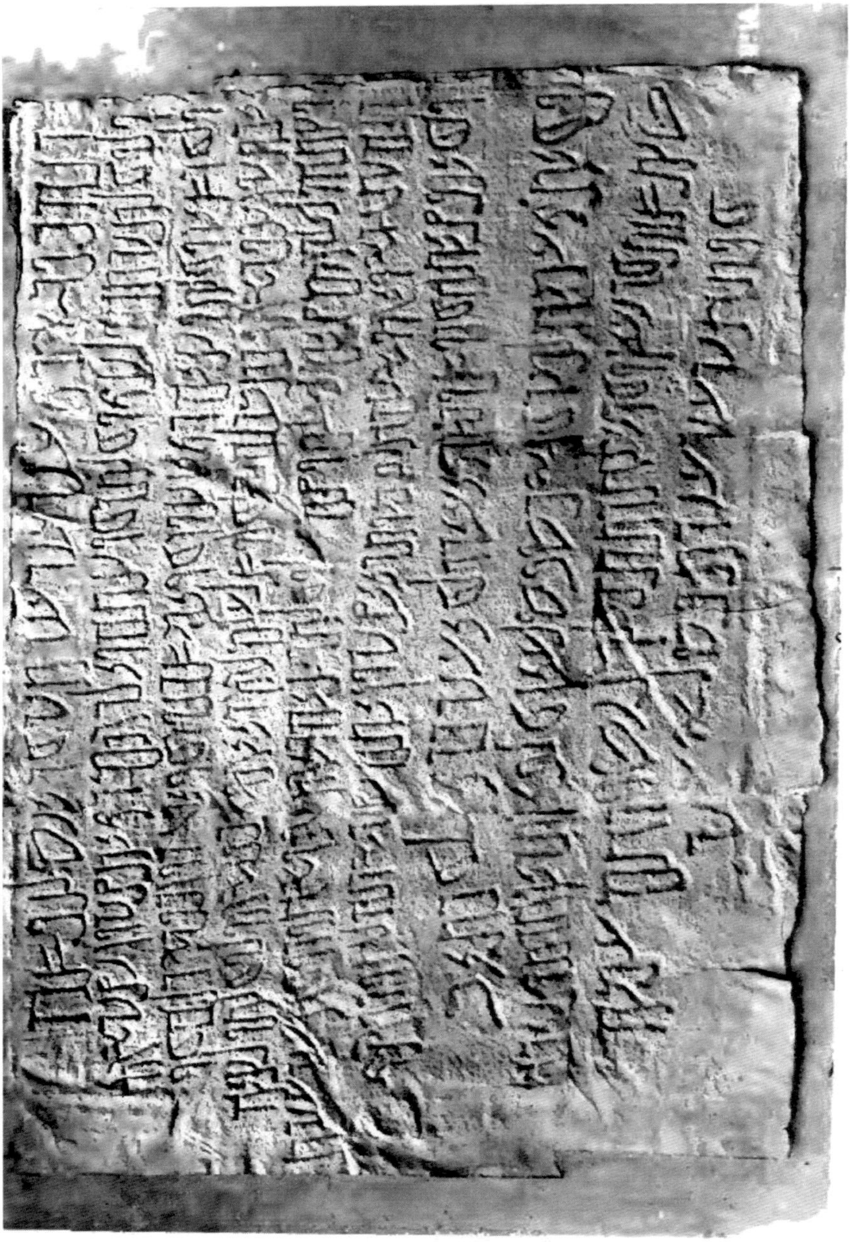

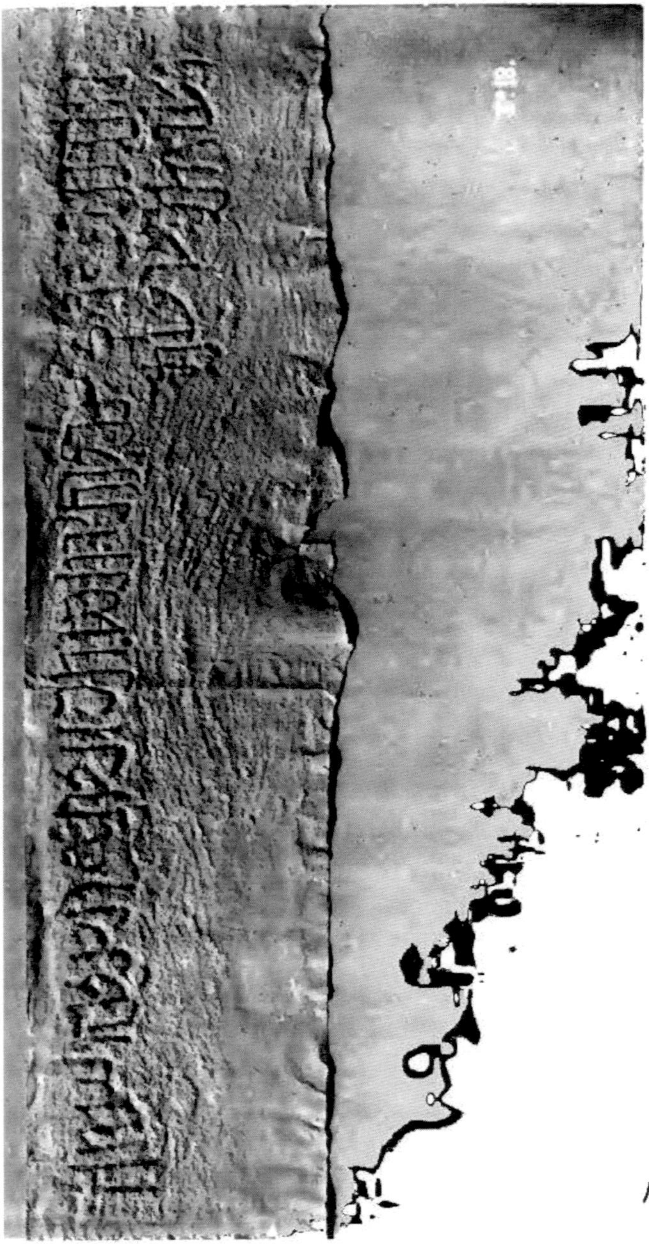

№19.

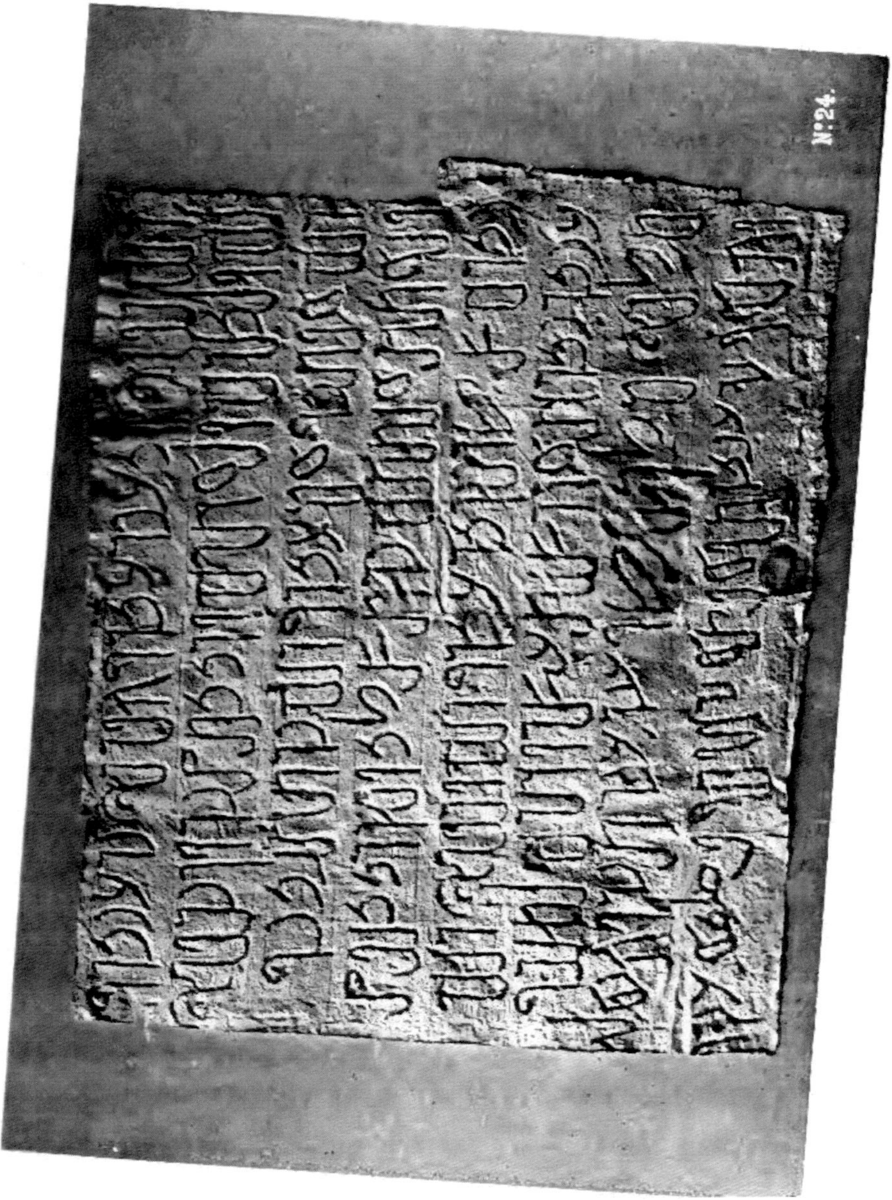
N°24.

N°25.

N°26.

N° 27.

No 29.